絕版詩話

談「民國時期」初版詩集

張建智 著

「我才不怕歸呢」——悼念詩人許世旭（代序）

白樺

一個外國人，學漢語，想成為一名翻譯家，無疑就像是要翻越一座萬仞高山那樣艱難；一個外國詩人，學漢語，最終能成為一個漢語詩人，恐怕就要像翻越十萬大山那樣艱難了。韓國詩人許世旭酷愛中國，死心塌地地鑽研中國詩歌。據我所知，世界上許多大詩人都堅持認為：一種語言的詩歌翻譯成另外一種語言的詩歌是不可能的，何況以十年之功，試圖從韓語詩人轉換為優秀的漢語詩人，幾乎毫無可能。而許世旭是唯一的例外。上世紀八十年代初，他就在臺灣主辦中國現代文學學會的會刊——《中國現代文學》，開始把真誠的目光轉向中國大陸的現代文學。在創刊號上發表了由他撰寫的學術論文：《中共的新人文學論》和《中國抗戰詩的藝術性》。同一時期，他還埋頭翻譯出版了《中共現代代表詩選》（第一輯和第二輯），中、韓文對照。第一輯收有白樺、顧城、北島、江河、梁小斌的代表作，如白樺的〈船〉、〈風〉等，顧城的〈遠和近〉、〈一代人〉等，北島的〈一切〉、〈回答〉等，江河的〈沒有寫完的詩〉等，梁小斌的〈雪的牆〉等等。第二輯收有舒婷的〈祖國啊！我親愛的祖國〉、〈這也是一切〉，芒克的〈十月的獻詩〉、〈太陽落了〉，嚴力的〈我是雪〉，駱耕舒的〈不滿〉，雷抒雁的〈防風林的歌〉等等。他和我的通信往來開始於上個世紀八十年代，我每當接到世旭的來信都不敢相信他是韓國人。當我第一次接到世旭的電話，世旭告訴我他已經身在上海的時候，我驚喜萬分，立刻騎上摩托車穿過一場磅礴的大雷雨，趕到他下榻的復旦大學。在我和世旭擁抱的時候，我確信這是我的嫡親兄弟。後來，不管我的境遇如何，世旭每一次來上海都要和我見面、對飲。無須說什麼，他對我的一切都瞭如指掌。有一次，他應邀來上海，在一所著名的學府參加為他舉辦的朗誦會，興致勃勃地給我打電話，希望我也能到會，他戲謔地說「來捧捧老弟的場吧！」我放下電話正要準備起身，緊接著電話鈴又響了，還是他。他說：「老兄！你就別來了，文學系的領導對我說：我們不敢驚動這樣大的作家。」說到這兒，我和他都默然了，因為我們都懂得這句話的真實涵義，沒有再說什麼，而手裡的電話卻好一會兒都沒有放下來。一九九九年十月我應邀訪問韓國，在韓國所有的演講都由他為我做翻譯，從聽眾的神情和眼睛裡滾動著的淚水看一看出：世旭把我所有的情感、節奏以及漢語的多義性，都傳達得十分精準。

今春，我接到他的電話，問了我的近況。我告訴他我要給他寄我的新版《文集》，他非常高興。所以，我根本沒有想到他會離我而去，就像我根本沒想到海浪之歌會突然黯啞，海上那顆總在是向我放射綠色光芒的星會悄然熄滅。但詩人潘鬱琦從美國發信給我，她說：那顆星熄滅了，熄滅了。我真的不能接受：一個那麼陽光的詩人會突然消失在永遠的黑暗裡麼？我嚎啕痛哭，翻開他的詩集，想把他找回來。信手翻來，第一眼就看到他了，他像孩子那樣對我說：

人死了，那邊
還掛起燈籠
我才不怕歸呢

我眼眶裡的淚水立即滑落在他的詩頁上，竟凝結為亮晶晶的冰珠……

二〇一〇年七月二十四日　於上海

目次

覓我童心廿六年
——王統照的絕版詩集《童心》

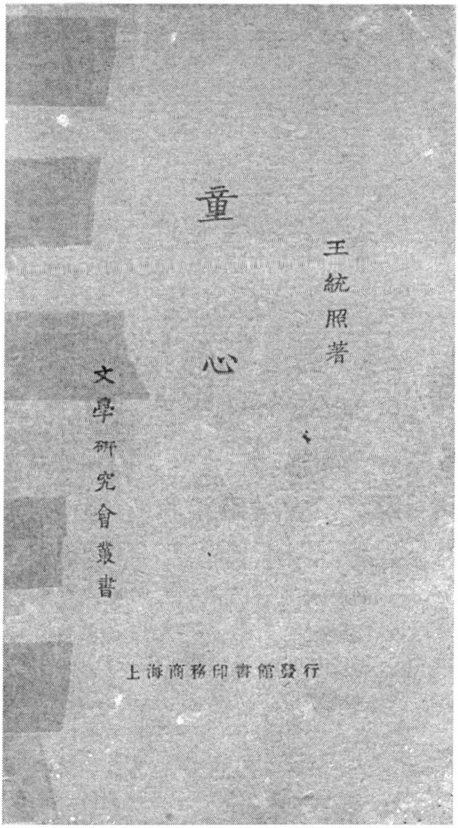

《童心》一九二五年初版書影

我藏有一本存世較少的民國刊本，那就是王統照的初版本詩集《童心》。當寫此文時，忽想起近日發表〈舊刊新拾〉的姜德明先生，可能他也有此詩集。對這版本，《唐弢書話》中，早有所述：「作為《文學研究會叢書》裏的詩集，開本和《舊夢》一樣，尚有王統照的《童心》、朱湘的《夏天》和梁宗岱的《晚禱》。這商務書版，大都毀於『一・二八』炮火，以後重印，版權頁上一律注明『國難後』第幾版，留此數字，以志不忘，倒也頗有意思。上面說的詩集四種，後兩種都曾重印，惟《舊夢》和《童心》久已毀版，極為難得。」

從唐弢先生這段話，可窺書之命運也無常。因為，商務印書館的書版，不幸在一九三二年的上海，早毀於日軍炮火轟炸後的廢墟中了。

抗日戰爭後，經過了十多年的劫難，唐弢先生還到處在尋覓這部久已失版的書。有一天，終在上海一家舊書店，找到了原版《童心》一書；欣慰之情，溢於言表，馬上寫了書話，投於當年的《文匯報》發表。當時，王統照正在青島，讀到唐弢的文章後，想起彼此惜別多年，不勝感慨。遂於一九四八年十月，作〈謝晦庵君〉詩一首，以示答謝之情切。詩曰：舊稿飄零刊本殘，謝君拾掇自荒攤。童心願化春泥種，往事難如蠟淚乾。北國鼓鼙縈夢寐，平生意想剩華顛。西窗何日同聽雨？樽酒論文忘夜闌。此詩，回憶了抗戰之初，王統照在上海，常與鄭振鐸，李健吾，柯靈，唐弢等人一起相聚論文酬作的美好時光，且期盼那樣的時刻的到來。

王統照（一八九七～一九五七），山東諸城人，字劍三，現代著名作家。一九一九年五四運動時，從事新文學創作，參加了火燒趙家樓的示威活動。一九二二年，他與周作人、沈雁冰、鄭振鐸、瞿世英、蔣百里、葉紹鈞、朱希祖、耿濟之、郭紹虞、孫伏園、許地山等十二人，發起成立了新文化運動史上第一個文學團體——文學研究會，倡導「為人生而藝術」的新文化思想。他在文學研究會的《小說月報》和《文學旬刊》上，發表過不少短篇小說和新詩、散文。還編輯《曙光》、《晨光》等雜誌，並主編過《晨報》的《文學旬刊》。一九二四～一九二五年間，印度著名詩人泰戈爾來中國，到各地演講，王統照也曾為他作過翻譯。他對新舊詩文均有造詣。自一九二七年後，他定居青島。在這期間，創辦了青島歷史上第一本文學期刊《青潮》，後任山東大學中文系教授。並在此創作了長篇小說《山雨》。一九三四年初，王統照離青島返回故里，變賣田產，自費旅歐，遊歷了埃及、義大利、法國、德國、荷蘭以及波蘭，並作詩〈九月風〉，歌頌波蘭人民的自由獨立運動。曾秘密訪問列寧格勒，最後到倫敦閱讀、抄錄資料，又赴愛丁堡參加世界筆會。

魯迅先生逝世後，王統照非常悲痛，親自前往送葬，並編輯了紀念魯迅的文學月刊專號。是年，他出版散文集《青紗帳》、詩集《夜行集》及長篇小說《春花》等。一九三七年六月，編輯出版《王統照短篇小說集》。五十年代後，王統照任山東省文聯主席，山東大學中文系主任，山東省文化局長，這是他的職務。另，於中國現代文學史上，他是一位能撰寫多種體裁的高產作家。

王統照的《童心》，是繼他的兩部長篇小說《一葉》、《黃昏》後的第一部詩集。於一九二五年二月出版，收錄了他一九一九～一九二四年間寫的詩歌九十首。前有「弁言」小詩一首。其中收了王統照一九一九年詩作七首，一九二〇年詩作十七首，（其中有一首題為「小詩」，計有七十六首短詩），一九二一年二十二首，一九二二年三十五首，一九二三年七首，一九二四年二首。當年，商務印書館，替文學研究會出過不少書，多為三十二開本，但有幾本詩集，卻為四十開狹長本，《童心》與劉大白的《舊夢》是一個版式，開本尺寸為17.5×9.5，封面灰綠，給人於沉靜與簡樸的感覺。（見初版書影）全書左起橫排，計二百六十五頁。驟眼望去，厚厚一長冊，確有像今日的小字典。

自《童心》出版後，王統照陸續有《這時代》（一九三三）、《她的生命》（一九三四）、《夜行集》（一九三五）等新詩集聞世。他還以線裝書形式，自費印過譯詩集《題石集》（一九四一）。在諸多三十年代現代文學版本中，《童心》也屬商務印書館發行的經典之作。

王統照從一九二一年成立文學研究會後，到三十年代為其創作高峰。誠如國內王統照研究的著名學者劉增人先生所說：「作為『五四』文學的肖子、『五四』時代的肖子，王統照向中國的新文學，奉獻了相當可觀的成果；既是多種多樣的創作，小說、散文、詩歌、戲劇樣樣俱全，又有理論、批評、翻譯、介紹，諸多領域裏，都堪稱成果斐然，的確是『五四』文學界的多產作家與活躍任務。」

記得一九九七年，浙江文藝出版社以《中國新詩經典》面世，重印《童心》。我曾有機會問過一位編輯：怎麼會想到重印這套叢書？那位編輯，略一沉思後，就以慣常的口吻回答我說：「如今困惑著編輯的一件煩心事，究竟出哪類書好呢？隨著激烈的書市競爭，編輯只能憑著直覺的興奮點，以及想方設法找些空白點。其實，起作用的還是一種觀念，是長期隱積在編輯心中的人文情結……」這話說的不無道理。據那套書的責任編輯說，《童心》這書的原版，因戰爭毀了書版，連王統照後人也未能保留。十多年後的今天，這位編輯的話，倒真使我想起二〇〇九年五月二十一日，《王統照全集》研討會和王統照手稿捐贈儀式，在中國現代文學館舉行。中國作協副主席、中國現代文學館館長陳建功發來了賀信。商金林、解志熙、楊洪承、王中忱等現當代文學研究專家、中國工人出版社副社長副總編輯龐洋等應邀出席會議。王立誠先生向中國現代文學館捐贈了父親王統照的手稿和遺物百餘件。但在捐贈清單中，尚未有一九二五年版的王統照的《童心》一書。鑒此，若時光倒流到「五四」時代，那時，能成為一名詩人，是無尚光榮的。不像現在的詩人，一如殘冬之荷花，沒了光彩，沒了殊榮，沒了讀者，沒了……

一九九七年，由浙江文藝社新版的《童心》，我曾把它和王統照之初版本，對照閱讀，與初版出入處頗多，也有不如人意之處。但是，我無時間來做一個「校釋勘誤表」，然而我想，作為後起的現代文學新詩研究者，也許，將來總會有人來做這件有意義的事的。

王統照《童心》中的詩，何以能感動「五四」以後的讀者呢？應該說靠的是詩人那顆心的純潔，情的真摯。他是拿了這片情感去和讀者共鳴的。一如他向讀者坦誠的話語：我不向荒山尋金珠／也不向樹林中覓翠羽／只已遺落的「童心」不知藏在何處？（〈弁言〉）

也許，作者全力以赴要在荒山中，去找到一顆童心。可是，留在這部詩集裏的文字，卻難於找到純真的童心，留下的只是一些時代苦難的痕跡。王統照的《童心》，著重表現剎那間的感受，富有哲理意蘊。二十年代後期，由於作者隨生活視野的擴大，深深體驗了「人間的苦味」，在作品中，對人民生活苦難的描寫就有深度。

「誰心中黑暗的影搖起了／將引導餓死的生命／到無盡之海中去。……你只有迎著真誠的眼淚／深藏在詩人泣的心絡中吧！」（〈誰是我的最大的安慰者〉）

「為什麼在你和我裏，分出愛與憎／在白天與夜，分出暗與明／在花與荊棘裏，分出不同的企盼／在冰雪上與陶醉中，顯得出迷惑與淒冷？……／我在心靈裏，卻有個秘密與神奇的崇敬！」（〈為什麼〉）

當我一首首翻讀著這樣的詩，伴著床頭夜闌人靜的燈，我想盡可能找些快樂的、悠閒的詩句，以慰藉浮躁時代寂寞的心，但除了如〈人家〉、〈花影〉、〈一個小小的消息〉、〈湖心〉等短詩外，整部詩集卻難讀到。我想，還是留待諸位讀者自已去找吧！一行行的讀著這些看似過時的詩，我想，今天的編輯或讀者，大都仍會有詩情留戀在心底。今日，我們不是常奢談與國際接軌嗎？而詩人在國際上卻是最讓人敬重的。當然，這確是一種個人化的心理糾葛，它更靠長期的積累而成。比如，在我的閱讀心理上，便長期把王統照於一九二五年初版本的《童心》和一九三〇年四月他的另一部初版本詩集《江南曲》，兩部詩集，常放在床頭，臨睡前讀它數首，和我讀唐詩宋詞一樣重要。以尋求忙碌生涯中的一點瀟灑和閒情，我從王統照上世紀三十年代的寫作中，依然可尋覓到一種情感的共鳴。不知是時代並未有多大變，還是純屬個人化的閱讀情緒，閱讀王統照的詩、小說、散文，便是我不能釋懷的個人解不開的一種夙願，興許，如今不太去讀詩的人，是難於理解的。

《江南曲》是由巴金主編的《文學叢刊》，叢刊中有長篇小說、中短篇小說、散文、戲劇和詩歌共十六冊。王統照的詩是其中的一冊。他在《江南曲‧自序》中說：「生活於這樣苦難的時代，也就是使每個人受到嚴重試驗的時代裏，無論在什麼地方，所見、聞、思、感的是何等對象，誰能漠然無動於衷呢？當情意憤悱，又無從揮發的時候，偶兒比物，論事，塗幾首真正不能自已的韻語……我每每在寫完一首詩之後，不知所可。」於是，詩人面對秀美的江南傾瀉了哀慟：「來往街頭聽淒清的雨滴，／沒有前途、無家鄉的歸路。／抖一下亂髮，她撲坐號哭，／身旁那破衣孩子倉黃四顧」……（〈熱風曲〉）

王統照的許多詩，是用排句，寫下祖國美如圖畫的江南在戰爭的煙火下各類人生活的苦難，比如〈正是江南好風景〉這首詩中，詩人用簡潔的筆觸，勾勒出了幾幅令人痛心疾首的慘像：「正是江南好風景／幾千里的綠蕪鋪成血茵……／正是江南好風景／桃花血湮沒了兒女的碎身……／正是江南好風景／到處彌漫搏戰塵昏……／正是江南好風景／遍山野一片「秋燒」的春痕……」整首詩上下聯繫起來回味，「正是江南好風景」乃是一句悲憤已極的反語，表現了詩人愛國意識和急切的內心期待。

探索人生之謎，正是王統照二十年代至三十年代文學創作的旨題，但在他所親生經歷的人生旅途中，社會現實卻每時每刻在摧殘著他「為人生的藝術」之理想。人世間充滿了種種黑暗、不公、災難的痛苦，光明之路究在何處？這些活生生的現實齧咬著詩人的心靈，於是作為詩人的王統照，於詩中有力地表現了憂患，忿怒及憎恨的呼喚，散文詩〈誰能安眠〉就呼出了這種心聲：

「在這沉沉如滿布著的黑雲的夜中，誰能安眠？……『生』在喊著暴呼的痛苦；『死』在地獄之門露出白齒，苦笑著守定無數的紅灼的火柱，期待著我們在上面作髑髏的舞蹈……」這些詩句，今天的讀者閱讀時有些拗口，但這種發自心靈深處的聲音，興許今天已無法讀到了，頗值得回味。

從《童心》到《江南曲》可作為王統照詩歌創作的軌跡來考察。寫實和象徵相結合，反映了作為一個真正詩人王統照內心的迷惘、苦悶和彷徨。這也反映了上世紀三十年代政治的專制高壓，人民之中，一切有生氣、有創造力的思想都不能得到正常的發展。詩人對現實生活持有劇烈的反對態度，這也導致了王統照在一九三三年因《山雨》出版後被當局查禁，被迫離滬，只能帶著太多的遺憾和歎喟自費赴歐洲考察古代文學和藝術去了。

「樂遊原上清秋節，咸陽古道音塵絕……」時空一瞬七十多年過去了，王統照在《童心》，以及在其《江南曲》中，首首詩韻早已融入桑田，市場經濟的利益生存空間，越來越狹窄，已無法撩起今天的人們去讀王統照的那些詩。但對於我，作為一種個人情結，還會聯想翩翩，作為消閒翻讀，那一股股濃濃的對以往之歷史場景，用詩來描繪的憂傷，還會令人揮之不去。

五十多年前的一九五八年四月，陳毅元帥在《詩刊》上曾發表詩作，以悼念王統照先生。他深情回憶了二人的交往，並對王統照的一生給予了高度評價，有詩為證：

劍三今何在？／墓木將拱草深蓋。／四十年來風雲急，／書生本色能自愛。／劍三今何在？／憶昔北京共文會。／君說文藝為人生，／我說革命無例外。／劍三今何在？／愛國篇章寄深慨。／《一葉》、《童心》我喜讀，／評君雕琢君不怪。／劍三今何在？／濟南重逢喜望外。／龍洞共讀元豐碑，／越南大捷祝酒再。／劍三今何在？／文學史上占席位。／只以點滴獻人民，／莫言全能永不壞。

王統照先生，已經去世半個多世紀了，今天的人們似乎已經淡忘了這位曾經是著名現代作家。但是，我想，歲月雖流逝不已，「劍三今安在！」因為，他畢竟留下了一如《童心》這般眾多的讓人難忘的優秀作品。

妙詩賞析

童心

一個蓊生的遊客，
吹著淒婉的笛兒，
在荒村的門前行。
少年的容顏全被憂悒的面幕罩翳。
從曼韻的笛聲中，
吹出離家之曲。
一群天真的兒童在後面追逐，一一問語。

「我不向荒山中尋求金珠；
也不向陰林中覓得翠羽，
只已遺落的『童心』，不知藏在何處？
石角，岩罅，美人的眉痕，骷髏的空窟，

我曾經遍地祈求，十方覓取。
為誰奪去？為誰玷污？
終未能一見它的遊跡！」

「你，你終是人世間的懦夫！
你不是智慧充滿了你的肺腑？
向你的笛聲中尋求途跡，
它淒婉的曲調能知你『童心』的藏處。」

遊客緩緩地走下山坡去，
看落照映紅，
陰林影欹。
在無垠的「宇宙之鄉」中要向何方歸宿？

恍惚中的意象將他懵迷。
長跪於自然的野神石像下，
吹著曼韻的笛聲，

苦楚，煩鬱，失望與歡愉，長思與沉慮，都似從
其中傳出。
他的「童心」之魂，或能在這幽靜的時光中來蒞？

過去

樹影也見得瘦削了，
月光也顯得愈見清寂。
唉！時間是過去了！
所留與我的，卻在何處？
生命在精神界躍動著；
思想在無盡的宇宙裏沖決著，
使我狂惑！使我癡迷！
然而時間是過去了！
所留與我的，卻在何處？

街頭上小販的長歌，

尾聲還盪在空際。
室中的爐火熄滅了，
餘灰還映著微紅。
然而時間是過去了，
所留與我的，卻在何處？

意想中芬熱的香，還繼續嗅著；
夢境中忐忑的感，還繼續覺著。
然而時間是過去了，
所留與我的，卻在何處？

年輕時的王統照

王統照，（一八九七～一九五七）山東諸城人。字劍三，曾用名息盧、容廬。一九一八年考入北京的中國大學英文系，同年在《婦女雜誌》上發表第一篇白話小說〈紀念〉。一九二一年初，與茅盾、鄭振鐸等發起成立文學研究會，提倡為人生的藝術。一九二二年大學畢業，曾擔任大學講師和中學教員。同年發表五四以來最早的白話長篇小說《一葉》，次年又寫出《黃昏》，這兩部作品引起批評界的注意，此後長期在上海、青島等地從事文學活動。一九三三年因《山雨》出版後被當局查禁，被迫離滬，自費赴歐洲考察古代文學和藝術。一九三五年回國後，曾任《文學》月刊主編，後歷任開明書店編輯，暨南大學、山東大學教授，建國後，歷任山東省文聯主席、山東大學中文系主任、山東省文化局局長等職。一九五七年病逝。

主要作品有：詩集《童心》、《這時代》、《夜行記》、《橫吹集》、《江南曲》，小說《春雨之夜》、《號聲》、《一葉》、《黃昏》、《山雨》、《春花》等，散文《北國之春》、《片雲集》、《歐遊散記》、《鵲華小集》、《爐邊文壇》等。

新月張開一片風帆
——懷念詩人陳夢家

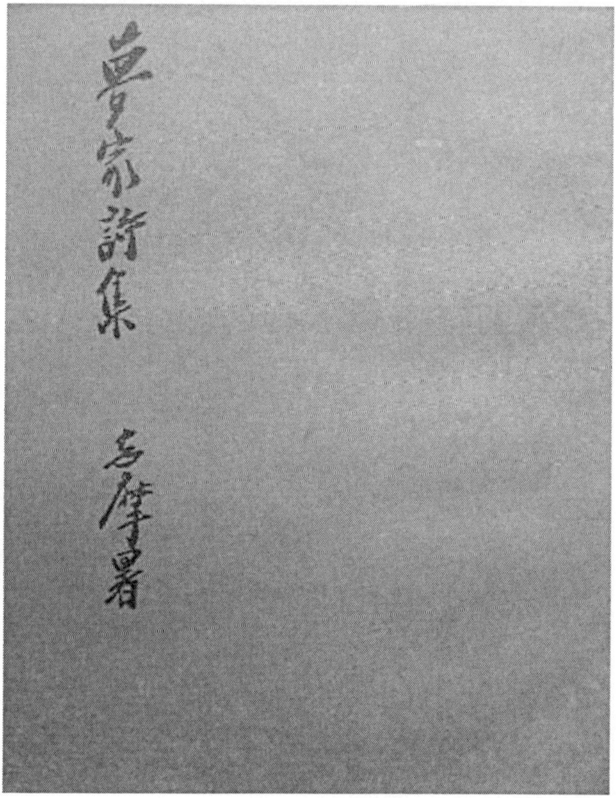

一九三一年一月新月書店初版《夢家詩集》

近日有機會到上虞，一問起陳夢家（一九一一～一九六六），大家不太了然。從詩人到學者，一個值得崇敬的人，惜今已早淡出了人們的記憶。記得王世襄在世時，我聽他談得最多的兩個人，一個是張蔥玉，一個就是陳夢家。他老常掛在嘴邊的一句話：「如夢家還在的話，那明代家俱研究的著作，就肯定輪不到我寫了！」陳夢家，於逝世十二年後，才終獲平反。如他夫人趙蘿蕤所說：「深可惋惜的是，他死得太早……他還可寫出許多著作，為他所熱愛的祖國現代化增加一些磚瓦，但是他沒有能這樣作。」（見《新文學史料》）這無奈的話，懇切、誠實，但聽起來總令人辛酸。那是一九七九年文革剛結束，離知識份子說話還心有餘悸時所說的。

近讀趙蘿蕤的《讀書生活散記》（鳳凰讀書文叢），書中所收之文，大都是未曾刊出的珍藏手稿，是兩趙紀念館（趙紫辰、趙蘿蕤父女）之特藏；其中作者生前自存剪輯稿二十七篇，餘稿十二篇，其他十七篇，計五十六篇。這些妙文，從未聞世，尤覺珍貴。讀後使我得了許多人生與讀書的教益。從散記所涉往事，自然就會想起詩人的陳夢家。他是我國現代著名詩人、古文字學家和考古學家，浙江上虞人。他和夫人趙蘿蕤可堪稱中國學術界的大家。對於這樣的一對夫婦學者，同時也是鄉前輩，余生也晚，緣慳一面。但是，作為詩人的陳夢家，卻神交已久，最早是讀他的許多新詩，迄今我還藏有陳夢家於一九三一年一月出版的第一部詩集《夢家詩集》，每有餘暇，我常翻讀。記得大約有十多年間，時拿來吟誦，尤於「文革」中，無書可讀，惟這部詩集，與我相伴，給了我幾多無法替代的精神慰藉。現在回想起來，那時，每當翻讀夢家的詩，眼前即會浮現出一個俊美的才子兼學者的形象，幾十年過去了，至今還留存我美好的記憶之中。

陳夢家，出身於一個上層知識份子的小康之家，誠如趙蘿蕤在〈憶夢家〉中所述：「他的父親陳金鏞老先生，曾任上海廣學會編輯，是一位非常忠厚純樸的長者。」夢家自小受到傳統文化的影響，同時受教會學校歐美思想的教育，這樣的生活環境，無疑日後造就了他充滿矛盾的思想、氣質與個性。「夢家在中央大學學的是法律，最後得到了一張律師執照。但是他沒有當過一天律師而是從十六歲便開始寫詩，一九三一年便出版了他的第一冊詩，並立即出了名，那時他還不到二十歲。」當然，他的一舉成名，離不開兩位老師兼詩人的器重與教導，一是聞一多，一是徐志摩。

一九二七年秋，因聞一多到中央大學任外文系主任，教授英美文學，陳夢家常去聽課受益匪淺。一九二八年秋，聞一多離開中央大學，次年，徐志摩應中央大學校長張君謀之聘，任外文系教授，講授歐美詩歌，陳夢家的才華，又得到了徐志摩的賞識，更有長進。比如，夢家的詩〈那一晚〉，當年就是由徐志摩推薦，以「陳漫哉」的筆名揭載於《新月》月刊二卷八號上，這一首公開發表的作品，遂引得讀者的歡喜。受聞一多、徐志摩詩歌理論的影響，一九三〇年一月，年僅十九歲的陳夢家，在《國立中央大學半月刊》一卷七期上，發表詩論〈詩的裝飾和靈魂〉，這是陳夢家詩歌創作的藝術主張。一九三一年一月二十日，由徐志摩主編，陳夢家實際編輯的《詩刊》季刊，終於在上海出版。撰稿人除聞一多、徐志摩、饒孟侃等前期新月詩人和南京詩人群成員外，還有林徽音、卞之琳、孫毓棠、曹葆華等新加入的北京青年詩人，這標誌著「後期新月詩派」的形成。而在這一過程中，陳夢家已成為新月詩派的一員主將。就我多年讀陳夢家的詩，覺得於中國新月派詩人群體中，他的詩藝、獨具的形象與靈魂，比聞一多、王統照的詩，似略勝一籌。這也使我迄今還能背誦他的一些詩：一朵野花在荒原裏開了又落了／他看見青天，看不見自己的渺小／聽慣風的溫柔，聽慣風的怒號／就連他自己的夢也容易忘掉。（〈一朵野花〉）我悄悄的走了，沿著湖邊的路，留下一個心願；再來，白馬湖！（〈白馬湖〉）今夜風靜不掀起微波／小星點亮我的桅杆／我要撐進銀流的天河／新月張開一片風帆。（〈搖船夜歌〉）讀這樣的詩，清新，樸實，又具象徵，令人不忘，讓我遙想。

然而，陳夢家也有新寫實主義的詩，那是作為一個詩人親臨戰場寫出的詩。如〈在蘊藻浜的戰場上〉：在蘊藻浜的戰場上，血花一行行／間著新鬼的墳墓開，開在雪泥上；／那兒歇著我們的英雄——靜悄悄／伸展著參差的隊伍——紙幡兒飄，／蒼鷹，紅點的翅尾，在半天上弔喪。／現在躺下了，他們曾經挺起胸膛／向前衝鋒，他們喊，他們中傷；／殺了人給人殺了，現在都睡倒／在蘊藻浜的戰場上。

這是一九三二年，「一•二八」戰爭爆發，十九路軍在上海抵抗日寇，那隆隆炮聲，震醒了深埋詩人心底的愛國激情。那時刻，陳夢家與同學親臨火線，搶救傷員；他看到的是，勇敢的中國士兵，在彈雨中無畏地衝殺，而掛彩的傷員，染成了血人；有戰士犧牲時，還保持著舉槍瞄準的姿勢；田野茫茫，到處壘著抗日志士的新墳。陳夢家在戰士墓前，為我們寫下了這樣動人肺腑的詩篇。故當年有說：「楊絳和趙蘿蕤，錢鍾書和陳夢家，也算得上旗鼓相當。」有故事說，在某次清華大學中文系研究生學科考試答辯會上。兩人相遇，陳先生見錢先生進來，招呼道：「江南才子錢鍾書」，錢鍾書應口即答：「上虞詩人陳夢家。」

當然，「作為詩人，夢家的創作生涯前後只七八年。」誠如他夫人趙蘿蕤所說：「一九三四至一九三六年，他在燕京大學攻讀古文字學。從此以後他幾乎把他的全部精力都傾注於古史與古文字的研究。」所以，作為詩人的陳夢家，學術上作了轉型，爾後，在中國古文字與考古上的學術成就，應是他的主要貢獻。一九三七年盧溝橋事變爆發，陳夢家與趙蘿蕤夫婦離開北平，輾轉到了昆明西南聯大。從一九三八年春到一九四四年秋，陳夢家除教書外，仍孜孜不倦致力於古史與古文字的研究。在西南聯大時，已撰有《老子今釋》、《西周年代考》等著作。

隨後，夫婦倆經美國哈佛大學費正清教授和清華大學金岳霖教授介紹，就從昆明轉印度去了美國。陳夢家在美國，除了在芝加哥大學當教授外，遊歷了英、法、荷蘭、瑞典等國，目的是收集青銅器的資料，編寫一部流落美國的龐大的青銅器圖錄。約三年，他終於完成了在美的研究任務。

那時，國外學術界對他的研究成果均表示讚賞，就連喜歡收藏的瑞典國王以及瑞典最著名的漢學家高本漢（現諾貝爾獎評委馬悅然的老師）也無不敬佩他。當時，羅氏基金會的負責人希望陳夢家能永久留在美國工作。然而，作為愛國詩人、愛國學者的他，顧不上在美國過現代化生活，享有尊嚴的學術地位，仍回到了清華，心中只冀於能把自己的研究成果，貢獻給自己的祖國。一如夫人趙蘿蕤後來回憶說：「解放前夕，他曾經勸告許多欲去臺灣的專家學者，他懷著十分欣喜的心情，迎接清華、燕京的解放。」

但是，令他想不到的是，一九五一年即開始了對「知識份子思想改造的運動」，作為一個知識份子，必須改造自己的「資產階級思想」，並清算「美帝文化的侵略」。那時的教授們，必須在群眾大會上逐個進行「自我檢討」，須「揭發批判」別人，以徹底清洗自己的靈魂。當時，被認為態度惡劣的人，旋被隔離反省。據巫寧坤先生說，那時學校的大廣播喇叭發出通知，要全體師生參加統一的工間操，作為一個詩人的陳夢家，馬上敏感到：「這是『一九八四』來了，這麼快！」（指英國喬治•奧威爾的小說，寫一九四八年極權主義國家的社會狀況，同時寫有《動物農場》一書）。之後，全國高校就開始了院系調整，大學重組。（其實，是一次教育大折騰）教會大學如燕京大學都停辦了。清華大學的文科也取消了。陳夢家在清華大學受到批判後，離開了學校，被分配到中國考古研究所。但一九五二年，陳夢家隨大學院系調整後，還繼續他的甲骨學與西周青銅器研究。

約三十年的工作中，他為我們留下了《中國文字學》、《殷虛卜辭綜述》、《尚書通論》、《西周銅器斷代》等大量著述，留下了約近千萬字的學術與文學作品。不幸逝世後，尚有二百多萬字未及整理。而說起陳夢家與王世襄倆人難忘的友誼，維繫了有十多年之久，直到「文革」各自遭難，但於愛好收藏明清家俱上，卻還是難兄難弟。一如王世襄所說：「即算是一九五七年兩人都被錯劃成右派了，也從未中斷過來往。」可以說，陳夢家與王世襄的友情，平易率真，性情互見，從未有任何芥蒂。王老還說：「我對夢家的認識則是：一位早已成名的新詩人，一頭又扎進了甲骨堆，從最現代的語言轉到最古老的文字，真是夠絕的。」這，就是他對陳夢家敬羨不已的評說。

一九五七年，陳夢家被劃為右派，是史學界著名五大右派——黃現璠、向達、雷海宗、王重民，但當時陳夢家屬年齡最小。據謝蔚明的回憶：「當年陳夢家發表〈慎重一點『改革』漢字〉其本意是在爭鳴，符合『雙百』方針，但他做夢也想不到正和毛主席的宏文同一天見報。（陳文於十五日刊於《文匯報》，同一天毛澤東的〈事情正在起變化〉也在全國各大報紙見報，成了『唱對臺戲』，黨組織於是就召開批判會。」其後果，當然是逃脫不了那場劫運。

陳夢家被劃為右派後，他的夫人趙蘿蕤，因受過度刺激，導致精神分裂。寫此，使我想起一九三五年八月，陳於燕大自編的《陳夢家自選詩集》序言中，那段最後的話：「多謝蘿蕤，這集詩的選定，大半是她溫暖的鼓勵和談心，使我重新估價，賜我有重新用功的勇敢！」可見他們倆是一對互相激勵、親切溫馨的學術伴侶。

陳夢家劃成右派後，所得懲罰是：降級使用。當然，比起那些被送到北大荒的人們來說，他受到的處罰不算最重。他仍然在考古研究所作研究，曾經一度下放到河南農村，作踩水車等勞動。但緊接著的，是那更使人難熬的「文革」開始。一九六六年八月，陳夢家在考古所被「批判」被「鬥爭」。他們的家被抄，他們夫婦的住房，被別人佔用。一九六六年八月二十四日，那晚，陳夢家在被鬥後，離開考古所，來到住在附近一位朋友家中。他告訴朋友說：「我不能再讓別人把我當猴子耍了。」

這時，考古所的一些人跟蹤過來，在他的朋友家中，強按他跪在地上，大聲叱罵他。然後，這些人把他從朋友家押回考古研究所。當天晚上，即不准陳夢家回家。那樣的日子裏，紅衛兵滿城到處抄家打人，燒毀文物，沒收財產。當時的考古研究所位於北京市中心，離王府井大街很近，穿過馬路就是中國美術館。

那天夜裏，陳夢家被關在考古所裏，他被剝奪了一切，已遠不止是做人的體面和尊嚴了。於是，陳夢家在八月二十四日夜，寫下遺書自殺，但終未遂。十天以後，陳夢家又一次自殺，最後自縊。於一九六六年九月三日，死於非命，僅五十五歲。「世亂為儒賤塵土，眼高四海命如絲」，當年的陳夢家，與千千萬萬一同受難的中國知識份子，就是這般的寫照。

誠如他於一九三二年三月十六日在青島所寫的一首詩：「也許他淹在河裏／也許死在床上／現在他倒在這裏／僵著沒有人葬。也許他就要腐爛／也許被人忘掉／但是他曾經站起／為著別人，死了！（〈一個兵的墓銘〉）

也許，作為夢家的一生實踐了自己的諾言，「他曾經站起」，也「為著別人死了」，人們是不會忘掉這位赤誠的詩人和學者的。但是，魯迅曾說：「但倘有同一營壘中人，化了裝從背後給我一刀，則我的對於他的憎惡和鄙視，是在明顯的敵人之上的。」如今，離陳夢家去世已半個多世紀了，遙想當年，究是自己同一營壘中人，還是化了裝的人所為而死，至今似難分辨。但終究是應驗了陳夢家曾早喊出的一句話：「這是『一九八四』來了，這麼快！」

陳夢家雖歌唱過「小星點亮我的桅杆……新月張開一片風帆」，可那時，已沒有了他理想中的新月，更沒了小星去點亮人生的桅杆。他曾吟出過，「榨出自己的血，甘心釀別人的酒」（〈自己的歌〉），而一九六六年的那天的晚上，正是大地上月黑風高的時候，一個詩人與學者的血，真被榨出來了，但是真釀出了醇香的酒嗎？啊，往事如煙，已無法究其所想所為了。可令人痛心扼腕的是，這麼一位大家，正是學術上最有成就之際，卻過早地凋謝了。雖然，陳夢家在逝世十二年後終於平反。可如趙蘿蕤所說：「深可惋惜的是，他死得太早……他還可寫出許多著作，為他所熱愛的祖國現代化增加一些磚瓦，但是他沒有能這樣作。」真的，他死得太早！這正是人間莫大的損失與悲哀。寫此，我又記得宗璞對梁漱溟曾說過這樣一段話：「我們習慣於指責某個人，為什麼不研究一下中國知識份子所處的地位，尤其是解放以後的地位！……最根本的是，知識份子是改造對象！中國知識份子既無獨立的地位，更無獨立的人格，真是最深刻的悲哀！」（見《舊事與新說：我的父親馮友蘭》）

如今，半個多世紀，一晃逝去了，就此，筆者只能引幾句萊蒙托夫的詩，作為對陳夢家的哀悼。詩曰：「他們的心是不會理解詩人的，他們的心不能夠愛他的心靈。不能夠瞭解他的悲哀，不能夠共用一切的歡欣！」

是的，文革那個時代的人是互相隔膜的，不可能理解世界的一切以及一切的人。唯一能崇拜的只有：「翻天覆地的變化」，「唯鐵是血的革命」，「把舊世界打得落花流水」！當然，那樣的時代，更不知作為一個人的自由、民主在哪裡？而那樣的時代，豈能容下一個真正的詩人？

妙詩賞析

追念志摩

一

誰在和你談心？
「是我！
跟著我來吧，
準沒錯。
秋天的太陽，
冬夜的爐火，
尋親切的溫勁兒，
是我！」

二

誰在和你說話？
「你猜！」
「我吹熄了燈，
等你來！」
「冬夜的爐火，
寒空的星彩，
那溫溫的金焰裏，
我在！」

三

「抽支煙再來吧，
別忙！」
「我得回去了，
路還長！」

一天的繁星，
一缸的爐紅，
月亮灑白了小院，
「是夢！」

雨

自從那個早晨，
你的眼睛下雨；
我開始就記認
你明眸的言語。

如今卻是黃昏，
我站在街頭望——
輕風捲來一層
雨，遮沒了天光。

瀝瀝的小雨聲，
那是你的言語；
還有那隻眼睛；
街燈濛著細雨。

可是這回濕了
我自已的眼圈，
你該已經忘掉
我心裏的雨天。

一朵野花

一朵野花在荒原裏開了又落了，
不想到這小生命，向著太陽發笑，
上帝給你的聰明他自已知道，
他的歡喜，他的詩，在風前輕搖。

一朵野花在荒原裏開了又落了，
他看見青天，看不見自己的渺小，
聽慣風的溫柔，聽慣風的怒號，
就連他自己的夢也容易忘掉。

陳夢家（一九一一～一九六六），一九一一年四月十六日出生於南京，祖籍浙江省上虞縣。曾使用筆名陳慢哉，現代著名古文字學家、考古學家、詩人。一九五七年，在考古研究所，陳夢家被劃成「右派份子」。一九六六年九月三日陳夢家自縊而死，年僅五十五歲。除《夢家詩集》外，尚有《殷虛卜辭綜述》、《西周年代考》、《六國紀年》、《老子今釋》、《中國文獻學概要》等專著。

年輕時的陳夢家

陳夢家夫婦在芝加哥（一九四七）

吹動著智慧的影子
——辛笛早年的《手掌集》

《手掌集》一九四八年星群出版公司初版本

「午後，靜靜的暖陽透過窗櫺，泊在他的肩上，像塗了一層銀色的光澤，富有質感。此刻，用淡泊兩字來概括他晚年的心境，我以為是最恰當不過的。」這是韋泱先生於二〇〇二年時記下對辛笛的印象。那時，詩人已經九十高齡了。（文匯報「筆會」）

作為九葉派的著名詩人，辛笛生於一九一二年，原名王馨迪，筆名心笛、一民、牛何之。著有《手掌集》（一九四八）、《辛笛詩稿》（一九八三）、《印象•花束》（一九八六）等。

當我讀著這段記述，無疑是對辛笛晚年生活的一次樸實的描繪。因為，對這樣一位九葉派資歷最老的詩人，我也同樣對他有親身的感受。

那是上世紀八十年代初，老詩人袁鷹和北京三聯書店的董秀玉，從北京到上海後，次日，由辛笛專程陪他們來江南古鎮南潯、湖州參觀。由於他們和湖州這座古城有緣，才使我有了與這位九葉詩人的幸會。雖然，那日與辛笛、袁鷹的見面，時間匆匆，但於我最深的影響，是他們始終未曾以文化名人出現在我的面前。兩位老詩人絲毫不驚動任何人，甚或是地方的文化部門。而且，董秀玉女士，還是半個湖州人呢。一到了湖州，他們只是由我陪著逛逛街市，去嚐嚐湖州的有名小吃……丁蓮芳千張包子；還去了百年老店——王一品湖筆店。湖筆，乃源於明代中期已馳名於世，成了文房四寶的重要產地。如何挑選些上好的湖筆，那才是他們不虛此行的喜愛之物。兩位老詩人、一位著名出版人的湖州之行，雖是我們短暫的相晤，但作為老詩人的辛笛，留下了難於忘卻的印象。從此以後，凡當我讀到他刊於報刊雜誌上的詩文時，我心頭時會泛起一份思念。

上世紀三十年代的辛笛，是一個才華出眾的青年詩人。溫馨、敦厚和雋永是他的天性，同時也是從他心靈中流出的每一首詩。詩如其人，見其人就如見其詩：

船橫在河上／無人問起渡者／天上的燈火／河上的寥闊／風吹草綠／吹動著智慧的影子／智慧是用水寫成的／聲音自草中來／懷取你的名字／前程是「忘水」／相送且兼相娛／——看一支蘆葦。（見〈輓歌〉）這詩，在我的中學時代，早深深吸引我。但當你與老詩人邂逅後，讀感就大不一樣。簡潔的短句，語言清新如水，散發著古典韻味；節奏是新的、漲力是巨大的。從此，我讀出了辛笛瀅徹的詩性智慧。

也許正緣於此，他的初版本詩集《手掌集》，我一直保存了半個多世紀，且更為珍惜。這冊辛笛早年的詩集，一九四八年一月由星群出版公司出版，三十二開本，初版本印數僅一千零五十冊（其中，西報紙本一千冊，道林紙本五十冊。故持道林紙版本者，更罕見，尤為藏者之珍品。），《手掌集》書裝封面，具獨特之美，為詩人曹辛之設計，封面上的畫，是借用趙家璧先生的晨光出版公司一九四七年出版，由作家蕭乾編選的《英國版畫集》裏一幅名為〈花〉的木刻。原作者是GertrudeHermes（裘屈羅・赫密士）女士，此畫，堪稱木刻版畫精品。《英國版畫集》精裝本的封套上，也曾用過這幅畫。

《手掌集》由「珠貝篇」、「異域篇」、「手掌篇」三部分組成，而《珠貝篇》是辛笛與其弟辛谷的詩歌合集（一九三六年曾合出過），可見辛笛作品數量不多，顯然他不是以量取勝，但詩作質高，尤以《手掌集》最為突出，可以說奠定了辛笛在現代文學史上的地位。六十年，一個甲子悄然逝去，每當我讀那本詩集，以及憶念起與辛笛先生那次相晤，就感到讀辛笛的詩，越讀越親切，更領略其詩的風格與內涵。收在《手掌集》中的詩，如〈航〉、〈寄意〉、〈雨後〉、〈再見，藍馬店〉等名篇，其意象或意境都非常美，時時詠誦，總感琅琅上口，欲罷不休。

辛笛在大學三年級時所寫的那首〈航〉，真像是一幅海洋沉鬱的畫。這首詩，是他海上所見所思的情景，內有個人的聯想與無窮之感歎，如：「帆起了／飄向落日的去處／明淨與古老／風帆吻著暗色的水／有如黑蝶與白蝶。」——僅寥寥幾句，構成了色彩的對比，顯現了與海洋相合的波光粼遴的鮮活的動感。那是詩人為一個同學貧困失學，並在病中挑起了謀生的重擔而抒寫通過一次海上航程，傳達出對人生和生命的感悟。結尾兩句是：將生命的茫茫／脫卸與茫茫的煙水。詩人面對大海的漂渺無邊，發出了對當時社會、人生命運的歎喟。這詩寫與一九三七年四月之春，是中國抗戰前夕之際，距今已有了七十多年，但讀〈航〉這首短詩，卻未過時，因這詩反映了人生永恆的主題。這詩，反映了辛笛與其他九葉詩人，如從美國歸來的的穆旦、鄭敏等人的不同詩風，充分展示了辛笛於詩藝上的現代性。

「將生命的茫茫，脫卸與茫茫的煙水。」後人將〈航〉最後結尾的這兩句詩，刻在了詩人的墓碑上，確是對辛笛這位詩人的最好紀念，也是對每一個個體生命的人生寫意。以讓大家思索人對於生命與自然的徹悟，無不充滿了哲禪意蘊。當然，若論詩歌中的現代性，同是九葉派詩人穆旦，可與辛笛比肩。但由於穆旦反對古典詩意，他的詩的現代性，就過於西化而晦澀。

辛笛留學於英國倫敦，北歸時的〈再見，藍馬店〉一詩，似有傳奇詩思。——「看門上你的影子我的影子／看板橋一夜之多霜／飄落吧／這夜風，這星光的來路／馬仰首而齧垂條／是白露的秋天／他不知不是透明的葡萄……。」這詩，表現了辛笛詩歌的魅力與特色。當我們讀著這樣的詩句時，總有一縷縷詩人悵惘的思緒，在感受美的同時，悄悄湧上了讀者心頭。似乎讀出了中國唐詩的韻味，窺見了印象派畫風，把中國古典情調，西方文明的理性，都融入了這詩中。

辛笛於英國留學，他的詩風在形成過程中，受到英國詩人奧登和葉芝他們抒寫現實主義詩的影響。如詩人從海外回到楊子江畔，看到當年農村的社會問題，當即寫出了〈風景〉這一類題材的詩歌。詩人善於用對比的手法來描繪，比如他用了：夏天的土地綠得豐饒自然／兵士的新裝黃得舊褪淒慘。還有：瘦的耕牛和更瘦的人／都是病，不是風景！這樣的詩，既古樸雅致，又極具對現實的穿透力。《手掌集》最末一首「贈別」寫於一九四七年八月三日，是送給卞之琳的。「你在知了聲中／帶著你的圓寶盒／離開你愛的人遠了／離開愛你的朋友遠了／雲水為心，海天為侶……」唐湜曾評，此詩是辛笛最好、最自然的一首詩。但我卻認為，這首詩，最能反映的，是作為一個詩人的愛國心。辛笛，是中國現代詩人中，生活最優裕的一個，辛笛解放後，能毅然地放下詩筆，徹底「告別」文藝界，選擇到工業戰線工作。且是「大隱隱於市」，在十里紅塵的上海灘平穩工作，經濟收入較好，不同於專業詩人、作家；更不同於許多在運動中流離失所的詩人。所以，邵燕祥認為：辛笛是個愛國者，而不是革命者。但我卻認為，辛笛是個愛國的詩人，且更是個大智慧的思想者。

〈手掌〉一詩，於一九四六年八月在《文藝復興》第二卷第一期上發表，此詩一經公開發表後，就受到讀者的喜歡。如細心的讀者，若去對照辛笛各種版本的詩選，這老派九葉詩人的〈手掌〉一詩，迄今未改動一字。這可看出，辛笛下筆的嚴謹，深思熟慮，一經發表，就很少改動。可說，《手掌》一詩，是辛笛詩歌創作風格上的一個轉折，標誌著辛笛思想的深化，由對社會現狀單純的諷刺，到將自己的思想與社會緊聯在一起，使「大我」與「小我」得以有機地融合。同時也說明了《手掌集》這詩集，為什麼能一而再、再而三地被翻印再版了十多次的原因。在中西融合中，既能保持民族的藝術特色，又具有西方的現代派感，大概只有馮至的《十四行集》，可以與辛笛的《手掌集》相提並論。當然，由於政治與詩人個體生存方式以及社會環境的不同，馮至於詩的總量以及詩思的理性深度上，約略勝一籌。

上世紀四十年代，他與陳敬容、杜運燮、杭約赫、鄭敏、唐祈、唐湜、袁可嘉、穆旦等志同道合、風格相近的詩人，集結成一個富有現代主義風格的文學團體，被後人稱道為「九葉詩派」聞名國內外。「『九葉派』詩學理念，表現出現代的特色：其在敘述描寫方面，以詩的藝術邏輯和藝術時空構思，採取突然進入，意外轉折；情緒複雜化，節奏加快；句法複雜、語義多重；深刻的主觀，通過冷靜的客觀放出能量；對客觀的藝術解釋、改造、重組，以表現深層的實質。」記得改革開放後的一九八一年，我讀到新出版的《九葉集》，讀著讀著，我的眼前，彷彿回到了上世紀三四十年代的歷史現狀，彷彿看到了一個個《九葉》派的詩人，他們孤獨地站在荒野上，在追趕著為風暴所打落下的一片片凋零的枝葉……。呵，如今，我們只能在讀他們留下的詩作，恍惚又與他們每一顆心靈在碰撞著，與他們親切對話，以他們共訴衷腸。我就是如此讀九葉詩人那凝重而沈鬱之詩。

記得上世紀三十年代初，辛笛就給巴金、靳以主編的《文學季刊》投稿，並成了那裏的常客。在赴英國進修的海途中，一本《巴金短篇小說集》伴他度過漫長的寂寞。船上，他選譯了其中的短篇〈狗〉，拿到國外發表了。回國後，他與巴金常相往來。前些年，巴老每次從杭州休養回滬，他總要去看望巴金，因為他與巴金的友情，他看成不單是他們個人間的友情，而是他把她看成一種文化與歷史的記錄。「遠天鴿的哨音／帶來思念的話語／瑟瑟的蘆花白了頭／又一年的將去」（〈懷思〉），這些雋永而優美、且富有中國詩詞韻味的詩句，深深地一次次把老人的思緒，帶回到昔日的創作與他對歷史往事的回憶中去。近九十晚年時，詩人辛笛，「繼心臟裝了起搏器、白內障切除手術等，已足不出戶了」然而，聽友人告知，作為一個詩人，他依然在傾聽世界的聲音，對窗外的事物，更顯出其好奇和求知的慾望。

是呵，當我寫這篇小文時，我似乎又重見了約略二十多年前辛笛和我相對敘晤時的目光，那雙永遠在關注社會與世界的詩人特有的眼睛。而辛笛的詩情和他用一生創造的語言，無論在過去與現在，在讀者的心中，現在還鮮活地生活著，而且將會伴隨著人們一直生活下去。

二〇〇四年一月八日，九十二歲高齡的老派九葉詩人，辛笛老駕鶴西去。爾後，是溫州的唐湜於二〇〇五年逝去，遠在美國的袁可嘉也於二〇〇八年十一月八日，在紐約逝世。袁可嘉和他所在的九葉派，是中國現代派文學中最有生命力的種子。尤值得一提的是，袁可嘉主編的《外國現代派作品選》在上世紀八十年代初出版，將象徵主義、表現主義、未來主義、超現實主義、荒誕派、新小說、垮掉的一代等西方現代派文學介紹到中國，影響了中國當代文學的走向。

如今，這個詩歌流派——「九葉」詩人，「逝者如斯夫！」，終一葉一葉地相繼折去。至此，這個中國現代文學史上重要的詩歌流派，眾詩人們數十年間，堅持著現代派的寫作道路上，只剩下最後一片葉子——九十歲的女詩人鄭敏。也許，她便是唯一的金枝玉葉了。

妙詩賞析

航

帆起了
帆向落日的去處
明淨與古老
風帆吻著暗色的水
有如黑蝶與白蝶

明月照在當頭
青色的蛇
弄著銀色的明珠
桅上的人語
風吹過來
水手問起雨和星辰

從日到夜
從夜到日
我們航不出這圓圈
後一個圓
前一個圓
一個永恆
而無涯——的圓圈
將生命的茫茫
脫卸與茫茫的煙水

風景

列車軋在中國的肋骨上
一節接著一節社會問題
比鄰而居的是茅屋和田野間的墳
生活距離終點這樣近
夏天的土地綠得豐饒自然

兵士的新裝黃得舊褪淒慘
慣愛想一路來行過的地方
說不出生疏卻是一般的黯淡
瘦的耕牛和更瘦的人
都是病，不是風景！

再見，藍馬店

走了
藍馬店的主人和我說
——送你送你
待我來舉起燈火
看門上你的影子我的影子
看板橋一夜之多霜

飄落吧

這夜風　這星光的來路
馬仰首而鬈垂條
是白露的秋天
他不知是不是透明的葡萄
雞啼了
但陽光並沒有來
瑪德里的藍天久已在戰鬥翅下
七色變化三色
黑　紅　紫

歸結是一個風與火的世界
聽隔壁的鐵工手又拉起他的風箱了
他臂膀上筋肉的起伏
說出他製造的力量
癡癡的孩子你在玩你在等候
是夜的廣大還是眼前的神奇
也令你守著這盡夜的黎明不睡？

來去輒欲與吉訶德先生同行
然而除了風車　除了巨人
森林裏橫生的藤蔓　魔鬼的笛聲
我是已有多久了
竹杖與我獨自的影子？
——年輕的　不是節日
你也該有一份歡喜
你不短新衣新帽
你為什麼盡羡慕人家的孩子
多有一些驕傲地走吧
再見　平安地
再見　年輕的客人
「再見」就是祝福的意思

晚年辛笛在寫作

辛笛夫婦結婚照

王辛笛，原名馨迪。詩人。（一九一二～二〇〇四）祖籍江蘇淮安，生於天津。一九三五年畢業於清華大學外文系。一九三六年至一九三九年，在英國愛丁堡大學英國語文系進修。回國後，任暨南大學、光華大學教授，中華全國文藝協會上海分會秘書，詩歌音樂工作者協會上海分會負責人。一九四八年加入中國民主同盟。建國後，歷任上海煙草工業公司、上海食品工業公司副經理，中國作協第四屆理事、上海分會副主席。著有詩集《珠貝集》、《手掌集》、《辛笛詩稿》等作品。

《食客與凶年》
——李金髮

《食客與凶年》一九二七年五月初版、毛邊本，北新書局印行

二十世紀二三十年代的中國詩壇上，有一位頗引人們矚目的象徵派詩人李金髮（一九〇〇～一九七六），始終像一個令人無法猜透的謎一樣。在中國現代文學史上，一直難以給他一個合適的定位，他在人們心中常被戲稱為「詩怪」。他的詩風受法國象徵派詩歌的影響較深，這與他的人生經歷不無關係。

李金髮出生於廣東梅縣，那是中國客家人比較聚集的區域。如果我們從區域文化來看對他之薰陶，那麼他從小便受到一些外來文化的影響。一九一九年，李金髮與家鄉梅州中學的同學林風眠來到上海。當時，恰逢「中國近代史上一個光榮的時代，這二十世紀二十年代，認識這時代的意義的人，頗不多見，它指示了中國的出路」。（《史事與回憶》鄭超麟晚年文獻）在這個氛圍裏，當時許多中國青年紛紛赴國外勤工儉學。李金髮到上海不久，便與林風眠、李立三、徐特立、王若飛等人赴法國留學。徐特立先生已五十多歲，人稱「老勤工儉學生」。那時，陳獨秀的兩個兒子也在法國的蒙達爾市，過著「每餐拿麵包沾醬油吃」的勤工儉學日子。李金髮當時在巴黎懷有文學革命的思想。他在法國學習雕塑和美術，卻受了法國象徵派詩人波特賴爾和魏爾倫等人的影響，開始創作這一類型的詩歌。一九二三年，李金髮將在法國創作的第一本詩集《微雨》寄給周作人，引起周對他之讚賞。一九二五年十一月，詩集由周作人編入《新潮社文藝叢書》出版，前附周作人導言一篇。這套叢書有魯迅、冰心、還有馮文炳（廢名）等人的作品。

一九二五年初，李金髮受上海美術專科學校校長劉海粟之邀，回國任教。此時的他，由於雕塑了伍廷芳、鄧仲元二位名人的銅像，在美術藝術上已確立了較高的地位。而在詩之創作上，也異軍突起，尤在象徵詩的寫作上引起了人們強烈的反響。蘇雪林曾評價他的詩是「別開生面之作」；朱自清評說他「不缺乏想像力」，並且在選詩時，排行於聞一多、徐志摩、郭沫若之後，共選了李金髮的詩十九首。（《中國新文學大系》）

李金髮在詩壇確立其地位的，應該是他的《食客與凶年》和《為幸福而歌》這兩部詩集。李金髮的詩，充滿了象徵派詩的神秘、怪異、頹廢和失落的情調。當然，李金髮之詩也表現出強烈的反封建禮教和提倡個性解放之精神。比如在〈晚上〉、〈雨〉、〈牆角裏〉、〈徹夜〉等詩中，就表現了這樣的主題。當然，在一九二七年五月出版的《食客與凶年》這部詩集中，許多詩也表現了異國遊子對祖國的思念與眷戀，深深抒發著另一種鄉愁」。如在〈流水〉這首詩中，詩人這樣寫道：

「你平淡的微波／如女人賞心的遊戲／輕風欲問你的行程／沙鷗欲請你同睡。／故國三千里／你捲帶我一切去。」

作為上世紀二三十年代的一位象徵派詩人，李金髮在詩中應用的語言，儘量地表達了作者對聲、光、色、香、味交錯和象徵的感覺，並且以聲形色，以色形聲。今天的許多讀者，也許已淡忘了李金髮——作為一個詩人的名字，甚或今日許多年輕的詩人們，自認為就是先鋒派、印象派詩人的代表，已早不讀李的那些詩了。殊不知李金髮那樣的詩，早在七十多年前，就表現了這樣的主題和先鋒寫派之技巧。當年，李金髮就認為：詩應有神秘的意象，詩應該運用感覺交錯的技巧，要有魔術化了的聲色光彩之變化等等。那時，他把這些詩的技巧巧妙應用在詩畫交融之中，從而使他的詩形成了自已獨特的風格、意象，產生了非常強烈的藝術效果。

周作人把李金髮早年的兩部詩集《微雨》與《食客與凶年》專列為《新潮社文藝叢書》出版，把他介紹給文壇，不能不說是慧眼獨具。周作人在出版導言中說了這樣的謙詞：「中國自文學革新後，詩界成為無治狀態，對於全詩的體裁，或使多少人不滿意，但這不緊要，苟能表現一切。」一看來，周作人推出李金髮當時人們認為怪異的詩，是為了讓讀者自已去審視。

李詩一出，不但很多年輕人爭相模仿，就連魯迅後來寫的散文《野草》，據說多少也受了《微雨》的啟示。李自己在〈文藝生活的回憶〉一文中也說：「兩個詩集出版後，在貧弱的文壇裏，引起不少驚異，有的在稱許，有的在搖頭說看不懂，太過象徵。創造社一派的人，則在譏笑。」我們今天從中國新詩發展史之軌跡看，也許李金髮給我們留下的詩，是引起人們爭論最多的。

當我讀完他七十多年前那本紙質早已發黃的毛邊初版本詩集《食客與凶年》後，發現詩集最後他所寫的〈自跋〉，竟只有一百多個字。今日之讀者也許已很難能完整讀到此原文，特錄於下以饗讀者：

余每怪異何以數年來，關於中國古代詩人之作品，既無人過問，而一意向外採輯，一唱百和，以為文學革命後，他們是荒唐極了的，但從無人著實批評過，其實東西作家隨處有同一之思想、氣息、眼光和取材，稍有留意，便不敢否認。余於他們的根本處，都不敢有所輕重，惟每欲把兩家所有，試為溝通。或即調和之意。

五月於柏林

李金髮的這篇〈自跋〉寫於德國柏林，如今研究李金髮詩作的學人，似未考證他為何在柏林時寫下這篇短跋。我們今日閱讀了這百多字的文字後，就明白了他心意。第一，他奇怪在一九二三年到一九二七年之際，對自已國家之古代詩菲薄，而對外國詩就推崇，且一唱百和，用今天的話說就是「一味跟風」。第二，他認為凡是詩人與作家，不論是中國的或外國的，他們的思想與氣息，乃或取材和眼光，應該是同樣的。因為，大都離不開人類共同關懷的主題。第三，他認為無論中國詩，還是外國詩，不應有孰輕孰重之分，關鍵是在於「他們的根本處」，才是分辨優劣的重要之處。

「中國新詩自它誕生之始，就有很豐富的現實主義和浪漫主義之作，文學研究會和創造社諸詩人是其最好的代表。而李金髮的貢獻卻在於他為中國新詩引進了現代主義的藝術新質，從藝術之都法國的巴黎帶來了『異域熏香』，給我們以震驚，豐富了中國新詩的內涵……」（梅州李金髮學術研討會論文）我想，對於李金髮詩及其內涵，如作這樣簡單的評述，還遠遠不夠。雖在著名僑鄉——廣東梅州曾召開「李金髮學術研討會」，標誌著詩人李金髮長期受到冷落、被人誤解的狀況已經結束。但是，如果我們在讀了他的代表作《食客與凶年》之〈自跋〉後，是一定不太同意把他的詩作，僅看作是「從巴黎帶來了『異域熏香』，給我們以震驚……」之類的評說。而被人們稱謂怪詩人的他，恰恰是不贊同「一意向外採輯，一唱百和」的說法，他更反對當時以「文學革命」者自居的那種作家和詩人，「因為他們是荒唐極了的」也更無人「著實批評過」的。這一切發自一個年僅二十五歲的青年詩人，他的話確是非常理性的。如果我們以「五四」新文化運動後之思潮、一九二五年以後國內複雜的時代背景，以及當年中西文化正激烈碰撞之形勢來考察，我以為，冠於李金髮以「詩怪」之稱，並非恰當。其人不怪，其詩怪乎？因為，李金髮晚年之人生最佳選擇，就充分證明了這一點。

一九五一年，是李金髮人生轉折之際。正在國外作外交官的李金髮，既沒有按指示到臺灣去做官，也沒有到大陸作詩人夢，卻是由伊拉克輾轉去了美國。到異國之後，是繼續寫詩抑或做美術家？都不是。他卻在那裏獨自辦農業，自食其力，直至一九七六年，病逝於美國的紐約。與許，半個多世紀後，還留存著一絲如馬悅然先生所說的「另一種鄉愁」在那大洋的彼岸。李金髮其人其詩，以及代表那個時代的文人的重要的一頁，被時代之神無情地翻了過去，但筆者擁有的李金髮一九二七年版的《食客與凶年》毛邊本，還時可在燈下讀之，那首首激人心扉的詩歌，怎不令筆者賞心悅目？我想，詩人雖駕鶴西去，其詩魂尚在！我們豈能忘卻這十分感人的那時代的故事——詩、詩人，以及他蘊藏於詩情文字中的意義。

妙詩賞析

棄婦

長髮披遍我兩眼之前，
遂割斷了一切羞惡之疾視，
與鮮血之急流，枯骨之沉睡。
黑夜與蚊蟲聯步徐來，
越此短牆之角，
狂呼在我清白之耳後，
如荒野狂風怒號：
戰慄了無數遊牧

靠一根草兒，與上帝之靈往返在空谷裏。
我的哀戚惟遊蜂之腦能深印著；
或與山泉長瀉在懸崖，

然後隨紅葉而俱去。
棄婦之隱憂堆積在動作上，
夕陽之火不能把時間之煩悶
化成灰燼，從煙突裏飛去，
長染在遊鴉之羽，
將同棲止於海嘯之石上，
靜聽舟子之歌。
衰老的裙裾發出哀吟，
徜徉在丘墓之側，
永無熱淚，
點滴在草地，
為世界之裝飾。

里昂車中

細弱的燈光淒清地照徧一切，

使其粉紅的小臂，變成灰白。
軟帽的影兒，遮住她們的臉孔，
如同月在雲裏消失！

朦朧的世界之影，
在不可勾留的片刻中，
遠離了我們，
毫不思索。

山谷的疲乏惟有月的餘光，
和長條之搖曳，
使其深睡。
草地的淺綠，照耀在杜鵑的羽上；
車輪的鬧聲，撕碎一切沉寂；
遠市的燈光閃耀在小窗之口，
惟無力顯露倦睡人的小頰，
和深沉在心之底的煩悶。

呵，無情之夜氣，
捲伏了我的羽翼。
細流之鳴聲，
與行雲之漂泊，
長使我的金髮褪色麼？

在不認識的遠處，
月兒似鉤心半形的編照，
萬人歡笑，
萬人悲哭，
同躲在一具兒，——模糊的黑影
辨不出是鮮血，
是流螢！
溫柔

我以冒昧的指尖，
感到你肌膚的暖氣，

小鹿在林裏失路，
僅有死葉之聲息。

你低微的聲息，
叫喊在我荒涼的心裏，
我，一切之征服者，
折毀了盾與矛。

你「眼角留情」，
像屠夫的宰殺之預示；
唇兒麼？何消說！
我寧相信你的臂兒。

我相信神話的荒謬，
不信婦女多情。
（我本不慣比較、
但你確像小說裏的牧人。

我奏盡音樂之聲，
無以悅你耳；
染了一切顏色
無以描你的美麗。

李金髮（一九〇〇～一九七六），原名李淑良，廣東梅縣人，中國早期象徵詩派代表詩人之一。

早年就讀於香港聖約瑟中學，後至上海入南洋中學留法預備班。一九一九年赴法勤工儉學，一九二一年就讀於第戎美術專門學校和巴黎帝國美術學校。在法國象徵派詩歌特別是波德賴爾《惡之花》的影響下，開始創作格調奇異的象徵體詩歌，被稱為「詩怪」。一九二三年初春在柏林完成《微雨》和《食客與凶年》的詩稿，同年秋天又寫了《為幸福而歌》。一九二五年十一月，李金髮的《微雨》出版，之後另外兩部詩集也相繼出版，奠定了他作為中國現代象徵詩創始者的地位。一九二五年初，他應上海美專校長劉海粟邀請，回國執教，同年加入文學研究會，並為《小說月報》、《新女性》撰稿。一九二七年秋，任中央大中秘書。一九二八年任杭州國立藝術院雕塑系主任，創辦《美育》雜誌。後赴廣州任職於廣州美術學院，一九三六年任該校校長。一九四一年將其近年的散文及詩作編成《異國情調》出版。四十年代後期，幾次出任外交官員，遠在國外，後移居美國紐約，一九七六年病逝於美國紐約長島寓所。

外交官時的李金髮與夫人

年輕時的李金髮

出版的著作：詩集《微雨》（一九二五）、傳記《雕刻家米西盎則羅》（一九二六）、詩集《為幸福而歌》（一九二六）、詩集《食客與凶年》（一九二七）、藝術史《義大利及其藝術概要》（一九二八）、文學史《德國文學ＡＢＣ》（一九二八）、詩文集《異國情調》（一九四二）、小說（與他人合集）《鬼屋人蹤》（一九四九）、詩文集《飄零閒筆》（一九六四）。

完成我感恩的晚禱
——讀梁宗岱《晚禱》

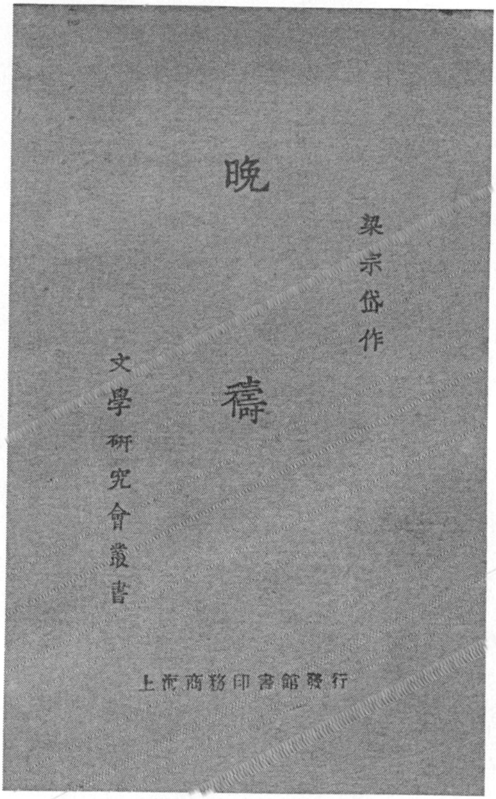

《晚禱》一九二五年初版本

讀梁宗岱《晚禱》，總有重重的畫面感在我眼前不斷地湧動著、交織著：一八五九年，巴黎南郊巴比松鎮上質樸的鄉村畫室中，法國十九世紀傑出的現實主義畫家米勒，正若有所思地凝視著一張未完的畫作，畫中一對農民夫婦沐浴在昏沉的暮色中，虔誠地頷首禱告著，赤裸的雙足，踏著貧瘠的土地，腳邊有兩小袋馬鈴薯，便是他們幾個星期的口糧。畫家米勒，皺了皺眉，正迅速地抓起畫筆，蓬鬆而茂密的鬍子也隨之上下顫動，寥寥數筆，畫中遙遠的地平線上，隱顯出一座小小的教堂。幾周後，米勒將這幅原名「土豆的歉收」之畫，更名為「晚禱」，後在巴黎的藝術沙龍中展出，畫中悲淒而聖潔的意境，震驚四座。

時隔六十多年後的一九二四年，中國廣州郊外一所綠樹環抱、花蔭掩映的教會學校裏，二十歲的梁宗岱，剛結識了一位嫻靜文雅的同班女同學陳存愛，那時的結識雖很傳統，可令他心靈裏，泛起了陣陣愛的漣漪。但是，他倆青澀的戀情，很快便因梁家的包辦婚姻，早早的凋謝而告終。年輕的梁宗岱，卻因此寫下了兩首以《晚禱》為題的詩，紀念這段交織著純真與悲苦的青春歲月。

一年之後，二十一歲的梁宗岱，來到了巴黎，寄居在近郊藝術氛圍濃厚的玫瑰村，閒暇時他常常留連於巴黎奧塞博物館米勒的《晚禱》畫作前，畫中昏黃的暮色，倒映在他清澈而充滿理想的雙眸中，身處異國他鄉，一種鄉愁夾帶著綿綿的思戀，時爬上他心頭，那樣的時候，詩人梁宗岱，總會默默地在心底吟誦起那舊日的詩：

我獨自地站在籬邊／主呵，在這暮靄的茫昧中／溫軟的影兒恬靜地來去／牧羊兒，正開始他野薔薇的幽夢。

我獨自地站在這裏／悔恨而沉思著我狂熱的從前／癡妄地採擷世界的花朵／我只含淚地期待著——／期望有幽微的片紅／給暮春闌珊的東風／不經意地吹到我的面前：虔誠地，靜謐地／在黃昏星懺悔的溫光中／完成我感恩的晚禱。（見〈晚禱〉二）

這時，梁宗岱的第一本新詩集，正由上海商務印書館出版，詩集就命名為《晚禱》。今日，時隔七十六年之後，這本當年的初版詩集，還靜靜躺在我的書櫥裏，有時看書寫文倦了，我就抽出讀它幾首，那情致很濃的小詩。讀著時，似覺得那些詩，更注重字句的彈性結構，在詩的多樣化方面自由弄筆，這是「五四」後那一代詩人，大多於古詩基礎上，吸收了外國詩，但梁更顯出其個性化的表現。

今天那些負載著詩韻的書頁，雖歷經時光之洗禮，染上令人沉醉的黃色，但只要打開輕輕地翻著（因怕紙線脫落），那一句句的詩，仍一如夏日清晨晶瑩的露珠，點滴灑濺至你的臉上，剎時感到久違的清新。

梁宗岱（一九〇三～一九八三），祖籍廣東新會。一九一七年考入廣州培正中學，一九二三年，免試保送入廣州嶺南大學文科（英語系）學習。年少的梁宗岱，已顯示不凡的文才，在培正中學期間，他主編了《培正學報》、《學生週刊》（或稱《學生週報》）等，同時以「菩根」筆名，在廣州各大報紙發表新詩，在商務印書館刊行的《東方雜誌》、《學藝》、《太平洋》、

《學生雜誌》等全國刊物上發表作品。中學和大學時期，便寫新詩二百餘首，被譽為「南國詩人」。一九二一年時，鄭振鐸、沈雁冰從上海來信，邀請梁宗岱加入文學研究會，入會號是第九十二號，當時，即成為文學研究會的第一個廣州會員。

一九二四年梁宗岱，深感到嶺南大學，已無法滿足他與日俱增的求知慾，便決意赴法留學，那年秋季，他由香港乘船至瑞士，先在瑞士日內瓦大學學習一年法語。直至一九二五年的秋天，梁宗岱才踏上了他夢想中的法蘭西土地。在巴黎，他結識了一大群與他一樣風華正茂，充滿藝術理想的中國留學生，如傅雷、朱光潛、劉海粟等，他們志趣相投，常常聚在一起議論時局，暢談藝術，有時甚至因文藝觀點的不同，爭得面紅耳赤。

歐陸留學生涯，令梁宗岱超高的悟性和無窮的精力，得以最大限度的發揮。一九二六年春天，梁宗岱經朋友介紹，結識了法國當時的文壇巨擘、後期象徵派詩人保羅•瓦雷里，梁之文采深得瓦雷里之賞識，二人交往遂密切。這位也可堪稱歐洲文壇的泰斗，對梁宗岱這位東方青年，深為器重與厚愛，梁宗岱在巴黎，每天用法文寫新詩和譯中國的古詩。梁的法譯本《陶潛詩選》（晉•陶淵明）由瓦雷里作序在巴黎出版，序言中說：「我第一個認識的中國人，是梁宗岱先生。一天早晨，他來到我家裏，年輕而且漂亮。他操著一口很清晰的法國話，有時比通常所說的還簡煉些。梁先生帶著一種興奮的激情和我談詩。一說這崇高的話題，他便停止微笑了。他甚至透露出幾分狂熱。這罕見的熱情，很使我歡喜。不久，梁君放在我眼前的幾頁紙，當我讀了，立刻再讀，我底喜悅立刻變為驚詫。」

一九二七年，初秋的一天，梁宗岱陪瓦雷里在綠林苑散步，瓦雷里向他講述了自己著名的長詩〈水仙辭〉。也就是從這時起，梁宗岱開始翻譯這首長詩，直至一九二八年七月十二日譯就。這期間，梁宗岱還結識了法國文壇的另一位巨匠——羅曼·羅蘭。他將譯成的陶淵明詩文稿，寄給羅曼·羅蘭，而這位諾貝爾文學獎得主、法國著名作家即回信盛讚：「這是一部傑作，從各方面看：靈感，移譯，和版本都好。……」

一九二九年十月的一天，梁宗岱拜訪了羅曼·羅蘭，兩人談到了另一位中國人敬隱漁先生。敬隱漁是中國最早介紹羅曼·羅蘭和翻譯《約翰·克利斯朵夫》的譯者，是和羅曼·羅蘭往還最早、時間最久、關係最密切的一個中國青年。（見羅大岡〈三訪羅曼·羅蘭夫人〉）他們倆還談及當時中、法兩國文壇現狀，歌德的詩，巴赫、貝多芬的音樂、繪畫等，之後兩人還一起吃點心，去花園散步，在書房欣賞珍藏的繪畫以及歌德、貝多芬的手跡。

一九三〇年，梁宗岱從巴黎到德國柏林，在海德堡大學學習德語一年，結識了馮至、徐梵澄，憑著驚人的語言天賦，梁宗岱又熟練地掌握了德語。

留學期間，梁宗岱著述頗豐，所譯瓦雷里的名詩〈水仙辭〉和所作〈保羅梵樂希先生〉發表於當年的《小說月報》第二十卷第一號上，是他第一個向國人介紹了這位法國傑出的象徵主義詩人。同樣，梁宗岱所譯的法文本《陶潛詩選》由巴黎 LeManger 出版社出版，產生了非常大的影響。

一九三一年一月，徐志摩等人創辦的《詩刊》創刊，由上海新月書店發行。創刊號發行不久，遠在海德堡大學的梁宗岱，寫一封長信給《詩刊》主編徐志摩，暢談讀了《詩刊》創刊號後，對中國詩歌、以及對新詩建設的看法。四月二十日，《詩刊》第二期，即刊出梁宗岱於德國花了三天所寫的長信，加標題為〈論詩〉，徐志摩在前言中說：「最難得的是梁宗岱先生，特從柏林趕來論詩的一通長函，他的詞意的謹嚴是近今所僅見。」

一九三一年秋，梁宗岱經瑞士蘇黎士赴義大利，欲入佛羅倫斯（翡冷翠）大學，想學習義大利文，而此時徐志摩向北大文學院院長胡適力薦，當時的北大，即邀請梁主持北大法文系，而清華也向他發出了邀請。爾後，梁宗岱接受了北大的聘書，準備回國，臨行前他向羅曼・羅蘭告別，而那時羅氏因父親逝世及大病初癒，正閉門謝客，可卻破例接待了梁宗岱，且長談相晤四個多小時。之後，梁又向雷瓦里辭別，乘船回國，一九三二年，年僅二十九歲的梁宗岱，任北京大學法文系系主任兼教授，又兼清華講師，一時名動北平。

然而，梁宗岱在北大，僅停留了兩年，便在一九三四年辭去教職，辭職之因，則是一場婚姻訴訟。緣起於梁之原配何氏，雖已另嫁他人生兒育女，但得知梁遊學歸來當上了大教授，遂追至北平要求共同生活，而梁宗岱堅拒不納，於是鬧上法庭。一向主張接納原配夫人的胡適，卻親自上證人席，為何氏辯護，指責梁宗岱拋棄髮妻，梁宗岱因而敗訴。爾後，經知名人士斡旋，梁宗岱以賠償贍養費兩千元為代價，終正式辦理離婚手續而了結此案。

梁宗岱離開北大後，旋與女作家沉櫻在天津結婚，並至日本度蜜月，回國後，遂任教於南開大學、復旦大學。那時的梁宗岱，算是度過了一段安樂、穩定、自由的生活。這一時期他發表了一系列詩論之文，如〈新詩底紛歧路口〉、〈論長詩小詩〉、〈關於音節〉等。但此時，他與中國詩壇的另一位代表人物梁實秋，就詩歌觀念發生了一場著名的「論戰」。梁實秋針對梁宗岱在北京大學國文學會作了〈象徵主義〉的演講，發表〈什麼是象徵主義〉一文，認為象徵主義是「神秘主義」，「象徵主義的文學，不過是搗鬼，不過是弄玄虛，無形式，實在亦無內容」；「象徵主義者無疑的是逃避現實」等論調來嘲諷梁宗岱。

一九三六年，梁宗岱的譯詩集《一切的峰頂》由上海時代圖書公司發行，其中除布萊克與雪萊等英語詩人，雨果、波德賴爾、魏爾倫、瓦雷里等法語詩人外，歌德、尼采、里爾克等皆為德語詩人。但是，梁實秋再次在《自由評論》第二十五、二十六期合刊上，發表了書評〈詩與真〉，認為梁宗岱的「象徵主義是一個迷迷糊糊的東西」；「他不能用簡單明白的理論與文字來解說，愈解說愈使人茫然。」；此外，梁實秋又尖刻地指責梁宗岱的專者是「不用常識，不用理智，不用邏輯方法去思維」，而是「用感情，用直覺，用幻想去體驗。這種性格，本來宜於寫詩，因為不宜於做旁的事，不過若趨於極端則變為病態。這種性格不宜於說理，因為在說理時是用不著感情、直覺與幻想的。」

為此，梁宗岱即寫了〈釋「象徵主義」——致梁實秋先生〉一文，來回應梁實秋，以捍衛自己的象徵主義理論。在這封公開信中，梁宗岱先是心平氣和地指出梁實秋「過去的文章底立場」距離自己太遠，「立論又那麼乖僻」，以致自己和他的朋友都認為梁實秋，要麼是「意氣之爭」，要麼是「不宜於做詩乃至談詩的」性格；隨後，梁宗岱直取梁實秋的「詩必須明白清楚」

的詩歌理論，認為梁實秋「缺乏哲學底頭腦，訓練，和修養，實在達到一個驚人的程度」，因而看不懂自己「關於『契合』的理論，卻是植根於深厚的哲學裏的」。從此，在文壇上乃或於讀者看來，梁宗岱在論詩與譯詩上，比其創作的分量更大。

今天，我們可以想像，當年他與著名詩人瓦雷里和羅曼•羅蘭之交往，是全面昇華了梁宗岱對詩歌的認識，他從僅憑一腔靈感作詩，轉而開始深刻地思考和探索中國新詩的命運，也由此改變了梁宗岱之後六十多年的人生軌跡，他由一個詩人、歌者，過渡至一位詩歌理論家。但是，正當梁宗岱身負美名，決然於中國文壇，施展更大抱負的時候，他之人生命運，卻一次次墮入了國家命運動盪與文革多災的驚濤駭浪之中，他中晚年之經歷，可謂坎坷多舛。

《晚禱》，是文學研究會早期所出的叢書之一，一九二一年至一九三七年間由上海商務印書館出版。研究會叢書包括翻譯和創作兩部分，可以稱得上是中國現代出版最早、規模最大的一套文學叢書，其中出版的新詩集，有朱自清等八人的詩歌合集《雪朝》、朱湘的《夏天》、徐玉諾的《將來之花園》、冰心的《繁星》、劉大白的《舊夢》、王統照的《童心》等。梁宗岱的《晚禱》，為四十八開的小版本，薄薄一冊，僅盈盈一掌之大小。青灰色的封面中間，印著豎排的書名，右上角署作者，左下角則印有「文學研究會叢書」的字樣，均為豎排，僅在封面下部橫排著「上海商務印書館發行」的字樣。全書裝幀十分樸素，不著任何紋飾圖案，但透出典雅之氣息。

唐弢在《晦庵書話》曾寫道：「作為《文學研究會叢書》裏的詩集，開本和《舊夢》

一樣，尚有王統照的《童心》、朱湘的《夏天》和梁宗岱的《晚禱》。」《晚禱》的初版於一九二五年三月（民國十四年），第二版重印於一九三三年四月（民國二十二年），與初版不同的在版權頁上，加印有「國難後第一版」字樣，原因正如《晦庵書話》所說：「商務書版，大都毀於「一二八」炮火，以後重印，版權頁上一律注明『國難後』第幾版，留此數字，以志不忘，倒也頗有意思」。《晚禱》全書，共收錄了梁宗岱於一九二一年至一九二四年所作之詩共十九首，最初的詩是寫於一九二一年七月的〈失望〉，最末的是一九二四年六月的詩〈陌生的遊客〉。

《晚禱》是梁宗岱一生唯一出版的詩集。他曾回憶自己創作《晚禱》時的心境：「那是二十餘年前，當每個人都多少是詩人，每個人都多少感到寫詩的衝動的年齡，在十五至二十歲之間。我那時在廣州東山一間北瞰白雲山南帶珠江的教會學校讀書。就是在那觸目儘是花葉交蔭，紅樓掩映的南國首都的郊外，我初次邂逅我年輕時的大幸福，同時——這是自然底惡意和詭伎——也是我底大悲哀。也就在那時底前後，我第一次和詩接觸。我和詩接觸得那麼晚（我十五歲以前的讀物全限於小說和散文），一接觸便給它那麼不由分說地抓住（因為那麼投合我底心境），以致我不論古今中外新舊的詩兼收並蓄。於是，躑躅在無端的愛樂之間，浸淫浮沉於詩和愛裏，我不獨認識情調上每一個音階，並且驟然似乎發見眼前每一件事物底神秘。我幼稚的心緊張到像一根風中的絲弦，即最輕微的震盪也足以使它鏗然成音。」

《晚禱》用象徵主義的手法寫成的，如以翠竹上的晨露，象徵悲苦的淚珠，以白蓮在碧池中碎落，暗示愛情失意的痛苦等，顯得既含蓄又自然，體現出一種新的美學追求。如〈暮〉一詩，如是寫道：「像老尼一般，黃昏／又從蒼古的修道院／暗淡地遲遲地行近了。」

梁宗岱，一個天才，也是一位頗有成就的詩歌理論家。在他的詩歌創作中，是自己詩歌理論的忠實實踐者。他所定義的「純詩」，曾作過如此解說：「所謂純詩，便是摒除一切客觀的寫景、敘事、說理，以至感傷的情調，而純粹憑藉那構成它的形體的原素——音樂和色彩——產生一種符咒似的暗示力，以喚起我們感官與想像的感應，而超度我們靈魂，到一種神遊物表的光明極樂的境域。像音樂一樣，它自己成為一個絕對獨立，絕對自由，比現世更純粹，更不朽的宇宙；它本身底音韻和色彩密切混合，便是它底固有的存在理由。」這些，他留下的詩論，早被後來現實主義所掩沒，靜不下心來的後人，怎能去接受獨立、自由像音樂一般的詩呢？

至今想來，這樣純粹之詩人早走了，他離今天浮躁的人心社會也太遠了些，今天我們大家，已彷佛成了梁所說的詩國「陌生的遊客」。那麼此文，就用詩人九十年前寫的一段詩作結：「什麼，陌生的遊客？你的面龐／這樣的緋紅，呼吸又這樣微細／可是嚴冽的秋霜，已緊壓你的心苗／雖然青春還蕩漾在你的臉上？／……我不是為採花而來！

妙詩賞析

晚禱——呈敏慧

我獨自地站在籬邊。
主呵，在這暮靄的茫昧中。
溫軟的影兒恬靜地來去，
牧羊兒正開始他野薔薇的幽夢。
我獨自地站在這裏，
悔恨而沉思著我狂熱的從前，
癡妄地採擷世界的花朵。
我只含淚地期待著——
期望有幽微的片紅
給暮春闌珊的東風
不經意地吹到我的面前：
虔誠地，靜謐地

在黃昏星懺悔的溫光中
完成我感恩的晚禱。

散後

一

花對詩人說：
「我們的花雖有大小，
我們都是各自創造我們的藝術的，
都是一樣美麗的啊。」

二

在生命的路上，
快樂時的腳跡是輕而浮的，
一剎那便模糊了。

只有憂鬱時的腳印
卻沉重的永遠的鐫著。

三

幽夢裏，
我和伊並肩默默地佇立，
在月明如洗的園中。
聽薔薇滴著香露，
清月顫著銀波。

晚年梁宗岱

梁宗岱（一九〇三～一九八三），祖籍廣東新會。一九一七年考入廣州培正中學。一九二三年被保送入嶺南大學文科。一九二四年踏上他嚮往已久的法蘭西土地。留法期間，結識了法國象徵派詩歌大師保爾瓦雷里，並將其詩作譯成中文，寄回國內刊在《小說月報》上，使法國大詩人的精品首次與中國讀者見面。一九四一年～一九四四年受聘復旦大學外國文學系主任，並躋身於著名教授、學者行列。一九七〇年中山大學外語系併入廣州外國語學院，他隨外語系轉入廣外，任法語教授。一九八三年十一月六日辭世。

主要作品有詩集《晚禱》、詞集《蘆笛風》、文論《詩與真》。

趙景深的《荷花》

一九二八年開明書店《荷花》初版

我藏有一冊趙景深先生於一九二八年六月十五日初版的詩集《荷花》。此書開本為18.5×13cm，平裝，由上海開明書店出版，本書付排時間為一九二八年四月一日。它裝幀簡樸，封面設計了一朵似剪紙的白色荷花，獨出於污泥而立，亭亭於荷塘上，分界線猶如一池邊，藍黑兩色分明，裏襯頁上也繪有綻開蓮花，似炎炎夏日，風來蓮葉轉，真有朱自清那〈荷塘月色〉之意蘊。封面為當年開一代新書裝幀的錢君匋先生設計。

多少年來，在中國現代文學史上，幾乎很少有人提到趙景深的一冊名為《荷花》的詩集，而我平生閱讀與收藏的這本詩集，算是最早和罕見的一本。這誠如趙景深先生一九二八年六月，寫於《荷花》上有一段話：「這本小小的詩集是按年月編排的，整整六個年頭（一九二二至一九二七），只留下三十八首詩。即使我把好好壞壞的詩，一股腦兒搜集起來，恐怕也不到一百首罷？我從來不曾有意做過詩，都是逼到非寫不可才寫出來的。」可見這本詩集，是趙景深先生從一百多首詩中，自選了約三分之一，結集而成。

趙景深，出生於一九〇二年浙江麗水，（祖籍四川宜賓）少年時在安徽蕪湖讀書。一九二〇年考入天津棉業專門學校。一九二二年秋，任新民意報社文學副刊編輯，並任文學團體綠波社社長，同焦菊隱、于賡虞、萬曼等編《微波》、《蚊紋》、《綠波周報》等刊物。上世紀三十年代初，魯迅先生有批評趙景深翻譯的「牛奶路」，至今還爭論不休。當然，趙景深與大詩人徐志摩也有一段軼事可值一提。

一九二三年暑假期間，南開大學開設了暑期學校，徐志摩前去講課兩個星期。當時，天津的綠波社，全體社員參加了暑期學校的學習。而社長便是趙景深。徐志摩開了兩個課目，分別是《近代英文文學》和《未來的詩》，這兩個演講，一九二五年，曾收進新文化書社出版的趙景深《近代文學叢談》裏。另據趙遐秋的《徐志摩傳》一書記載，徐志摩在講課的時候，曾拿英譯的歌德的一首詩要同學們翻譯，趙景深得了第一名，獎品則是一張大幅的歌德照片。在課餘的時候，同學們常常去拜訪徐志摩，彼此談論許多文學問題。講課結束後，綠波社請徐志摩茶敘和話別並合影留念。席間，徐志摩問趙景深，將來是否以文學為業？趙景深說：「我是這樣想的」，但徐志摩卻勸他不要搞，只能把文學當作副業的。可是，日後徐志摩和趙景深，他們倆雖都沒有把文學當做自己的主業，但卻均以其驕人的文學成就，奠定了他們在中國現代文學史上的地位，而且他們兩位都是詩人。但歷史卻沒有給趙景深以詩人的桂冠，趙景深後來成為大家公認的戲曲史家、教育家。如吳中杰先生在《海上學人漫筆》中寫到趙景深時，曾為他的老師深情地說：「趙先生沒有高學歷，更不曾出洋鍍過金，也沒有什麼政治背景，而要躋身於高級知識份子圈子實在不容易。他靠自學成材，後來娶了北新書局李小峰老闆的妹妹為妻，當上書局總編，與各方作家聯絡周旋，終於成為知名作家。」

趙景深是二十世紀的多產作家，小說、戲曲、散文、文論，譯著達百多種。他曾任書局總編、復旦大學教授，編過《語絲》、《北新》、《青年界》多種刊物，魯迅、郭沫若、老舍、鄭振鐸等，都是他的好友。趙景深與李小峰的妹妹李希同結婚時，魯迅登門道賀，還喝了喜酒。但吳中傑先生在整篇回憶文中，未談及到作為早期是一個詩人的趙景深，且趙還是一位極具童心的詩人。他的唯一的一本詩集《荷花》，畢竟還留在了人間。雖然從未單獨重印過，留存於世的已不多；大家早忘懷了他那充滿了童心的詩。當然，他還有〈八百好漢死守閘北〉（長詩），於一九三七年上海大眾文化叢書社出版，但那卻是另一類的應時之作。

這本小小的詩集，僅選了能真實代表自已心靈傾訴的詩三十八首。他真誠而又坦率地說，《荷花》中的詩，是逼到非寫不可，才寫出來的。於是出現了從〈一片紅葉〉到〈幻象〉計九首，是一九二二年所寫。從〈泛月〉到〈老園丁〉選了十七首，是一九二三年所作。那時的趙景深正從學生涉足社會，依舊感受到他那個時期懷著的如孩子般的「童心」，所以充滿了愉悅純靜之色彩，歌頌著美的花、明亮的光、真誠的愛。時隔八十多年後的今天，我們從他的詩歌裏還能感受到當年趙景深先生，那天籟的純潔之心：

一片紅葉／從好友的信裏到我的手裏／我把玩著，反覆看著／覺得詩的興趣一絲絲／從葉裏抽出來了。（〈一片紅葉〉）「月亮將回家的時候／我正在迷離恍惚地睡著／似乎襲來一陣寒氣／將我從甜夢中喚醒。／是秋姐姐來了麼？」（〈秋意〉）「一顆剝了皮的香蕉／透出幽暗靜寂的藍林外／伊那可愛的彎腰的窈窕呵／像那牛乳一般白的身體呵。」（〈新月〉）你看，那詩吟味感覺，充溢著自然、愛戀與冥想，意蘊深長。從詩中我們至今可以追溯趙先生作為中國現代文學史上，那詩人兼學者之形象。

我曾讀了趙景深許多學識廣博的多種類型的著作，可還沒有讀過趙景深先生的詩，這也是慚愧的事，我想今日的許多讀者大多有這般經歷。而今我確實被他這本樸實而具童心的詩集所深深吸引。我甚或迷惑，這難道就是現代文學史上，只輕輕帶過一筆的趙景深一生寫出的並讓我們能讀到的詩嗎？當我一頁頁地翻讀著《荷花》詩集時，心裏不免有一絲絲被歷史時空所湮沒了的感傷和驚動！

趙景深後來當了幾年教師，忙著求食，詩也就不大唱得出來了。所以他在一九二四年只有一首〈中山輓歌〉，一九二五年也只有一首〈牛頭洲之黃昏〉和一首〈荷花〉。所以他說了這般的話：「近年來逐漸麻木……也許這第一本詩集，也就是我最後的詩集了吧？」這對他是無可奈何，而於大眾之讀者也是很惋惜的事。

但我又想，趙景深為何獨選這《荷花》為集名呢？雖然作者曾說「我的詩缺乏狂暴的熱情，所以題名『荷花』以顯示我作風的清淡。」然並非單純為此。為此，我想稍錄幾句〈荷花〉中的詩，便能明曉了他取集名的另一層題旨：

「在那夕陽殘照的石欄旁，／祖母和孫子在那裏凝望，／前面是一片綠色的荷田，／一朵白蓮在那裏顛蕩。」我想，這一幅作者和祖母一起觀賞出污泥而不染的、並使自已心靈充滿高尚潔白的圖景，不就展現在我們眼前了嗎。他用詩的語言向我們講述了祖孫兩代人追求的一種人生理想，不同樣在我們面前了。我們不能忘記那是一九二八年，一個中國歷史上多變的時代。所以我想，這也許便是趙景深為何要把他唯一的一本詩集，定名為《荷花》的緣由吧。

趙景深《荷花》集中的詩，大體說來，一九二三年以抒情為主，一九二四年以寫景詩為多，一九二五年以後以敘事詩為多，最後兩首詩於一九二七年在海豐寫成。趙景深曾說：「我的詩從散文而逐漸變化為韻律的，這可以由編年的方法看出一個痕跡。」但是，當我們在八十多年後再重讀這些詩時，仍感到依然有無限迷人的魅力。那是因為趙景深年輕時的詩，不是硬做出來的，而是從一顆年輕的童心裏自然流淌出來的。他的詩滲透著溫馨的人情味、有著哲理的幽默、以及「荷花」般的清淡。今天重讀他〈一個好的人登龍山〉，那詩裏透射出的比喻，可謂寓言詩的傑作了。

「一個好吃的人登龍山，／喜得他手舞足蹈，勁頭兒真不小，／他指點著山腳密接的屋宇，／說是遍身金鱗的魚兒跳，／他說寶塔是糖做的，／他說樹枝是油炸條，／看著那渺遠的湖水，／是一杯杯芳香的酒醪。」

讀著這般的詩，真是似笑非笑，似癡非癡，似愛非愛，但卻充滿了詩人的夢。如果沒有了童心的夢，年輕的夢，詩之生命也便乾涸了。我想，為什麼一九二七年以後，趙景深就寫不出他心中流淌的詩了呢？那是因為中國的歷史在一九二七年以後是一大轉型期，國家正發生了翻天覆地的驟變。那嚴峻的社會現實，破壞了詩的時代，心靈裏自然流不出詩韻，哪裡還會讓趙景深心中做著童話般的好夢？童心泯滅，詩心乾涸，所以在一九二八年，他將心中的話，坦誠地告知了讀者：「連夢都做不成了，詩也就不會唱了。」

今日，許多有識之士，憂慮著詩的天國逐漸沉寂。確乎如此，真正的詩人，那美好的詩，已屬空谷足音。然而，當我讀趙景深八十多年前的詩集《荷花》時，依然讀出了詩的一如荷蓮的清香。有人說，回歸童心，這是人生最大的凱旋。很可惜，趙景深在一九二八年後，也過早地結束了這樣的人生。在他心中缺少了擁有天真與夢的世界。儘管我們從趙景深的一生看，他為此作出最大的努力；例如在文革中他被關進了牛棚，有外調者來校找他，來者叩門問：裏面有人嗎？他卻回答道：我是牛……不能開門！……這裏就有童心之再現，但這是悲劇時代，一顆無奈中的苦澀之童心。因為，我們有著封建的歷史，運動壓得人透不過氣，總讓人戴上假面。

趙景深的詩具童心的一面，當然也有辛酸人生的一面。可趙景深後來成了一位著作等身的大學者，他原想過上生命本體的家園的生活，也從此一復不可返，這究是時代之使然，還是個人命運的必然，這確難於評說。我想，一個人能常回到生命之真的世界，這對每一個人是終生的挑戰，因為無論對富者、貧者、甚或對知識閱歷最為豐富的人，要拒絕世故，贏得心靈的勝利，並時能拾取那個童心，確難乎其難矣。

一九八五年，趙景深先生去世。雖事出倉卒，當日在寓所上樓時失足跌倒，旋即送華東醫院搶救，而人已昏迷，曾一度蘇醒，雖能辨識卻口不能言。分明帶著遺憾的月光，似乎還在惦念晚年心願。但我想，不知他於生命之最後一刻，是否還能於朦朧之中，回到當年《荷花》一詩中的：「這甜密，這甜密，綠的芬芳，紅的動人，無限的愛蘊藏在這裏。」——那屬於他生命裏最美的景象。

妙詩賞析

一片紅葉

一片紅葉
從好友的信裏到我的手裏
我把玩著，
反覆看著
覺得詩的興趣一絲絲
從葉裏抽出來了

秋意

月亮將回家的時候
我正在迷離恍惚地睡著，
似乎襲來一陣寒氣

將我從甜夢中喚醒。
是秋姐姐來了麼？

新月

一顆剝了皮的香蕉
透出幽暗靜寂的藍林外，
伊那可愛的彎腰的窈窕呵，
像那牛乳一般白的身體呵！

荷花

在那夕陽殘照的石欄旁，
祖母和孫子在那裏凝望，
前面是一片綠色的荷田，
一朵朵白蓮在那裏顛蕩。

一個好吃的人登龍山

一個好吃的人登龍山，
喜得他手舞足蹈，
勁頭兒真不小，
他指點著山腳密接的屋宇，
說是遍身金鱗的魚兒跳，
他說寶塔是糖做的，
他說樹枝是油炸條，
看著那渺遠的湖水，
是一杯杯芳香的酒醪。

年輕時的趙景深

趙景深，曾名旭初，筆名鄒嘯，一九〇二年四月二十五日生於浙江麗水，祖籍四川宜賓。中國戲曲研究家、文學史家、教育家、作家。一九二二年畢業於天津棉業專門學校後，入天津《新民意報》編文字副刊，並組織綠波社，提倡新文學。一九三〇年起任復旦大學中文系教授。曾任中國古代戲曲研究會會長，中國俗文學學會名譽主席，中國民間文學研究會上海分會主席等。在元雜劇和宋元南戲的輯佚方面作了開創性工作，對崑劇等劇種的歷史和聲腔源流及上演劇目、表演藝術均有研究。

主要著作有：《曲論初探》、《中國戲曲實考》、《中國小說叢考》等十多部專著。

「魔鬼詩人」
——于賡虞

《魔鬼的舞蹈》一九二八年版

上世紀二三十年代的中國詩壇，群星閃耀。有一位詩人卻如一顆流星，瞬間劃過，留下燦爛的光芒後，便悄然隱去，難覓蹤跡。他，就是被人們遺忘了將近七十年的詩人于賡虞。

于賡虞一九〇二年出生，河南西平人，早年在天津匯文、南開中學求學，之後考入北京燕京大學，一九三五年赴英國留學，在倫敦大學攻讀文學；回國後于賡虞在北京一帶的中學任教；抗日戰爭爆發後，輾轉任教於西北大學、西北師範學院、蘭州大學；一九四二年還出任過西北大學文學院院長。一九四七年，于田培林校長的周旋下，受時任校長姚從吾之聘，來到國立河南大學擔任文學院外文系主任，新中國成立後，他任河南師範學院教授。一九五四年，于賡虞教授以莫須有的罪名遭陷害，一個無黨無派的詩人，之後，在人世間，便無聲無息銷聲匿跡了，直至一九六三年去世。

于賡虞在中國新詩的發展歷程中，佔有十分重要的地位。他一生寫了將近三百首新詩，結集為《落花夢》、《晨曦之前》、《骷髏上的薔薇》等六本詩集，分別於一九二五年至一九三五年十年內，由北新書局出版。由於于賡虞除了寫詩外，甚少參加各類社會文化活動，儘管曾名噪一聲，但我總感到，對于賡虞其人其詩，未引起現代文學研究者的注意，流傳下來的評論作品似不多見。而他幾部當年走紅的詩集初版，現留於藏書家手中，甚至各大圖書館也似不多見。

我們從現代文學的史料中，對此也可見一斑。如一九四一年，朱自清先生編《中國新文學大系——詩集》時，選編了于賡虞的詩，但朱先生卻為買不到于賡虞的詩集而發愁。當年朱先生托了許多好友，並曾去各地尋找于賡虞的詩集。可見在六十年以前，于賡虞的這幾本詩集已經十分稀少。筆者因為機緣巧合，收藏了于賡虞的《晨曦之前》和《魔鬼的舞蹈》兩本初版本詩集。每當燈下小讀時，于先生之詩總令我心靈有些許激動，似有一種暈乎乎之神往。因為，在中國新詩之詩壇上，于賡虞為我們留下的詭異的詩，絕對是個異數。

《晨曦之前》一書，出版於一九二五年，《魔鬼的舞蹈》出版於一九二八年。《魔鬼的舞蹈》封面設計上，是一幅鋼筆速寫，俐落的線條勾勒出一幅抽象的圖案，乍一看像是一塊造型怪異的岩石，但細看又彷彿是舞者垂下的凌亂衣袖，令人參悟不透，而封面左上角印著書名——魔鬼的舞蹈幾個字，也是用鋼筆不規則地寫成，令人視覺上有一種跳躍感。相信讀者今日仔細觀之，也定會被這些印象派的藝術深深吸引。

說到于賡虞的詩風，大都詭異淒涼，詩作充滿了憂傷絕望的情調。據說，他早期的詩風並非如此，後來因為受法國著名頹廢派詩人波德賴爾的影響，逐漸形成了一種陰鬱的「透著森森鬼氣」的個人詩作之風格。他的詩集《骷髏上的薔薇》與波德賴爾的《惡之花》也正契合這一獨特的詩風。因而，于賡虞在當時的文壇上，被稱為「魔鬼詩人」。

于賡虞，活躍於「五四」之後的新詩舞臺，與一些著名的詩人、學者都有交往，如他曾在一九二三年與趙景深、焦菊隱發起成立了一個叫「綠波社」文學社團。我讀現代文學史料，發現對這個文學團體很少談起。而在上世紀二三十年代，它卻是花開幾度，曾紅極一時，為眾多讀者如蠶吐絲織就了許多美麗的詩卷。「綠波社」到一九二五年，社員發展到五六十人；

一九二八年時代大轉折時，走入低迷，漸於消失。一如他的詩所云：「淒迷的走去，淒迷的過來，看——野岸邊寒林的黃葉飄旋在空中，低落在面前；我的魂，隨它去罷，任你沉淪沙河底，飄流東海間。」于賡虞與徐志摩、朱湘也交往甚多，經常一起討論詩歌、文學，文學活動相當活躍。

除活躍於「綠波社」外，于賡虞再沒有鍾情於其他的文學社團。他當時曾想在北新書局辦一個純粹的詩志，徐志摩與朱湘勸他移辦於《晨報》，於是遂有《晨報・詩刊》的產生。這詩刊，便是後來大名鼎鼎的新月詩刊之先驅。

于賡虞早在七十多年前就寫到「科學讓我們的智慧增加，知道一切；詩讓我們的感情豐富，感覺一切。無知將不能生存，無感則非美滿的人生。」這就是于賡虞對詩與人生的深刻理解，儘管他的詩消逝了半個多世紀，但人間總有情，後人總會追溯那歷史往事，深深地記著他。時至二〇〇四年，終於有了兩大冊精裝的《于賡虞詩文輯存》出版。（解志熙、王文金編校，河南大學出版社出版，二〇〇四年九月第一版，全書八十五萬字。）

于賡虞的詩集，由於當時印數有限，又歷經半個多世紀的動盪變遷，如今所存無幾，十分珍貴。若有舊版，可與幾年前出版的《輯存》對照著閱讀，能讀出不同版本之差異，將收益不淺。今天，我們再讀這些充滿憂傷的詩，還能在詩之節奏中，感受到那個時代的黑暗歷史，感受到從他心靈深處呼出的慘痛。

作為一個在現代文學史上曾負有盛名的詩人，解放後默默無聞，而後又匆匆地離開人世，令人扼腕痛惜。對此，我時時會想：難道在河南師範學院任教的十多年中，竟然沒有為我們留下一首他那極具個性的詩嗎？

啊，斯人已去，也許，什麼時刻人們會發現「魔鬼詩人」在這世上，還會有佚詩的留存，惟時間期盼著這奇蹟的出現！

妙詩賞析

影

看，那秋葉在明媚的星月下正飄零，
與你邂逅相逢於此殘秋荒岸之夜中，
星月分外明，忽聚忽散的雲影百媚生。
看，那秋葉在明媚的星月下正飄零，
我淪落海底之苦心在此寂寂的夜塋，

將隨你久別的微笑從此歡快而光明。

蒼空孤雁的生命深葬於孤泣之荒塚，
美麗的薔薇開而後謝，殘凋而復生，
告訴我，好人，什麼才像是人的生命？

這依戀的故地將從荒冬回復青春，
海水與雲影自原始以來即依依伴從，
告訴我，好人，什麼才像是人的生命？

夜已深，霜霧透濕了我的外衣，你的青裙，
緊緊的相依，緊緊的相握，沈默，寧靜，
仰首看孤月寂明，低頭看蒼波互擁。

夜已深，霜霧透濕了我的外衣，你的青裙，
寂迷中古寺的晚鐘驚醒了不滅的愛情，
山海寂寂，你的影，我的影模糊不分明……

秋晨

別了，星霜漫天的黑夜，
我受了聖水難洗的苦孽，
你方從我的背上踏過，
歡迎啊，東曙，你又已復活！
在這最後的瞬間，我睜眼
雙手抱住太陽的腳，看
葉顫，花舞，聽市聲沉醉，
直到落下歡欣的眼淚！

長流

蒼空的流雲寂寂的慢慢的從我的頭頂飛來飛去，
這迢迢異地已是榴花時節還沒有靈鳥的聲息。
故園親人的墓頭想已，想已親草蓬蓬有如雲衣，今夜荒漠冷明的古寺前只有我在聽長流禪語。

萬籟死寂之夜不堪想已淪落死城無痕的希冀，
這一弘死水像是我的靈魂在星宿下並無尋覓。
如今我猶如其他星球的客旅陣陣的驚異，
悵望在此煩倦的自歌自應奔途裏霜花滿衣。

這枯萎的薔薇正如已消失的光輝綺夢的痕跡，
夢呀，任你入天堂，地獄，心懷的明珠已沉落海底。
就在此寒光下的荒墟深殯此善感靈魂之骸餘，
現在，我像春日碧茵草上一隻傷鳥卷起了雙翼。

看這絕望的世界蒼茫茫無燈火晦冥冥無晨曦，
毀滅的途中已修了墳墓靜待命運於歸的靈息。
這天宇沒有光沒有歌，只是一團墨蹟漫綴苦意，
生存與毀滅在此遼遼天際無人注意亦無痕跡。

蒼空的流雲寂寂的慢慢的從我的頭頂飛來飛去，
這迢迢異地已是榴花時節還沒有靈鳥的聲息。
故園親人的墓頭想已，想已親草蓬蓬有如雲衣，
今夜荒漠冷明的古寺前只有我在聽長流禪語。

年輕時的于賡虞

于賡虞（一九〇二～一九六三），新月派詩人之一，著名詩人、翻譯家。名舜卿，字賡虞，以字行世。河南西平人。一九二三年六月，于賡虞與焦菊隱等人成立新文學社團，即北京文壇風雲一時的「綠波社」。一九二四年四月，創辦《綠波周報》，八月底又創辦《綠波季刊》。《綠波周報》、《綠波季刊》、北京的《晨報副刊》、天津的《新民意報》是他發表詩作的主要園地。

一九三五年月四月赴英國倫敦大學研究歐洲文學史。在英期間，著《詩論》、《雪萊的婚姻》、《雪萊的羅曼史》。一九三七年任河南大學文史系副教授。

一九六三年八月十四日病逝於開封家中。

主要著作有詩集《晨曦之前》、《魔鬼的舞蹈》、《骷髏上的薔薇》、《孤靈》等。

靜處的月明

——林徽因詩存及其它

林徽因詩集一九八五年版

恰逢今年是「五四」運動九十週年紀念，文化界自年初開始便掀起一波又一波解構和重釋「五四」精神的浪潮，不乏妙文。有重新評析、反思那時代的啟蒙認知、人物命運、思想歷程等。但我特留意是否有解讀林徽因與新文化運動之文，不無遺憾的是，這方面的文章，至今寥寥。我想，大概於讀書界，人們似乎只願她是閨閣繡樓裏不經風雨的才女，抑或人仰慕的只是沈從文所說的是「詩一樣的人」。其實不然。我卻認為，她於新文化運動，是有著割不斷、讀不完的歷史情結，只是未引起關注而已。

事實上，林徽因早期的文學作品，在中國現代文學和新詩界中是佔據一席之地的。她早期的詩作，大多刊於當年由徐志摩創辦的《新月詩刊》，之後的一些詩，則常刊出於《大公報‧文藝副刊》上。林徽因詩作，情感細膩，真摯婉約，善用比喻，多用自然界的花草樹木、風霜雨雪作為象徵物。〈八月的憂愁〉、〈笑〉、〈記憶〉、〈那一晚〉、〈你是人間的四月天〉等詩，都體現這一特點。而〈那一晚〉，應該說是她早期較有代表性的一首：

那一晚我的船推出了河心／澄藍的天上托著密密的星／那一晚你的手牽著我的手／迷惘的星夜封鎖起重愁／那一晚你和我分定了方向／兩人各認取個生活的模樣／到如今太陽只在我背後徘徊／層層的陰影留守在我周圍／到如今我還想念你岸上的耕種：／紅花兒黃花兒朵朵的生動。

那一天我希望要走到了頂層／密一般釀出那記憶的滋潤／那一天我要跨上帶羽翼的箭

／望著你花園裏射一個滿弦／那一天你要聽到鳥般的歌唱／那便是我靜候著你的讚賞／那一天你要看到零亂的花影／那便是我私闖入當年的邊境。

詩共兩段，以那一晚開篇，連續出現三次，引出三個回憶的片斷，星夜與那一晚呼應，迷惘和重愁則為下句分定了方向、埋下伏筆；緊接著以「到如今」作為承接，由回憶轉入現實，又以太陽、陰影、紅花兒、黃花兒等一系列意象，表現詩人所思所想，化無形的思緒為有形的象徵物，形象生動。第二段，則以那一天開篇，表示由現實轉向未來，是全詩的高潮，詩人的情感噴湧而出，並運用豐富的想像力，用箭、鳥鳴、花影來表達自己沉埋的思念、熱切的盼望。全詩由回憶引入現實的思緒、轉入未來的期許；情感虛實交融，層層推進，自然流暢，並且巧妙地運用一個接一個的意緒，彷彿是電影鏡頭的不斷切換，營造出一幅幅綺麗生動的景象。同時，這首詩的遣詞造句十分精妙，每兩句之間尾字押韻，如心和星，手和愁，向和樣等等，再加上那一晚，到如今等起首詞的重複出現，使得整首詩讀來悠揚迴轉，極富音樂性。如今，每當我捧讀林徽因的詩，往往驚異於詩人天馬行空般豐富的想像、瑰麗斑斕的意蘊、美玉般靈動通透詞藻，似絲毫不亞於徐志摩、戴望舒等詩壇名匠之代表作。

出於我對林的作品之喜好，我書桌上總保留著她的一幀黑白相片，相片中的女子素面朝天，伏案凝思，身旁一盞瓷座的臺燈，座身畫著花鳥蟲魚，乳白色的絹製燈罩，透出幽幽光亮，照亮她沉靜娟秀的側臉，她靜靜地望著那光亮處，雙手擱在一本攤開的厚厚的大書上，似總在思索著什麼，眼神楚楚動人，彷彿滿含著期許而又透著一絲溫婉的感傷。右下角題著：一九三四年林徽因於北京北總布胡同三號家中。那年，林徽因恰好三十歲，已是一雙兒女的母親。這位活躍於二、三十年代詩壇的傳奇才女，留下了無數張美麗的倩影，但相比她那少女時代清純無邪、嬌美如花的容顏，我反而更愛她為母後的清雅明麗。挽起的髮髻代替了垂肩的短髮，更顯得滿身江南小橋流水的縷縷書香。

她有很好的家族文化薰陶。祖父林孝恂，光緒己丑科（一八八九年）進士，初為政知縣候選，後任北京政府國務院參事，全家遷居北京。歷任浙江海寧、石門、仁和各州縣，他資助青年赴日留學的學生，參加孫中山領導的革命運動。父親林長民（一八七六年生），字宗孟，為孝恂長子，一九〇六年赴日留學，不久回國，在杭州東文學校畢業，後再度赴日早稻田大學，習政治法律；堂叔林覺民、林尹民，均為黃花岡革命先烈。

林徽因，一九〇四年生於浙江杭州陸官巷，原籍福建閩侯，少年時代正是中國社會新舊交替、華洋混雜的年代，社會生活的一切領域，不斷地被打破和重塑。她生長在一個具有維新意識的舊式大家庭中，擁有一位兼具傳統國學和西學的父親。十六歲時，她便隨父親遊歷歐洲，旅居倫敦，後又赴美國的賓夕法尼亞大學深造。使徽因的學識、心性、文字，時透著北平朱簷琉瓦的舊時月色和康橋濃蔭碧水裏的幽幽槳聲。可以說，她一生的命運和際遇，都在傳統與現代、理想與現實的洪流中輾轉反側、兜兜轉轉，充滿著不同凡響的人生經歷。

也許，美麗的女子身邊總不乏纏綿悱惻的愛情故事，何況她又如此的才華橫溢。康橋茵茵的綠草坪，白衣藍裙俏麗其間，自然引致無數遠渡重洋的年輕華人學子的無限遐思。與徐志摩在倫敦經濟學院的初識，惹得這位大詩人對她情牽了半生，不顧朋友的勸阻、親人的斥責拋棄髮妻張幼儀，結局她仍嫁為他人婦，但徐仍終生視其為繆斯女神和紅顏知已。最終志摩卻因趕去參加她的演講墜機身亡，令林徽因痛徹心扉，此生難以平復，在徐志摩去世後，她不斷有詩文對其緬懷紀念。而她的丈夫——梁啟超的長子梁思成，和她是青梅竹馬，一同赴笈美利堅，終為伴侶，一生對她寵溺倍加。

在這段被無數傳記作者、小說家和編劇反覆咀嚼和津津樂道的感情糾葛中，林徽因對徐、梁兩人的態度，她是否對徐熱烈追求，是否動了真情？則始終是各方爭論的焦點；各類的考據和編排，引眾多讀者似雲山霧繞；其真相，也猶如霧裏看花。各方議論的是非曲直，我無從評論，因我們都不是那個時代的親歷者。但是，我始終認為，傳統與現代的衝撞和交融，總是把握那個時代人物運命的主線，對林徽因也不例外，而且甚至這一特質在她身上體現得更為強烈。

徐志摩對她而言是一種全新的生命體驗，竟有這樣浪漫、天真、熱誠的男子，何況他還具備男女通吃的瀟灑倜儻；少女林徽因的心絕不可能如一池死水，必然盪起層層漣漪甚至波瀾，但此也意味著易變的婚姻，師友的層層非議和親人的失望擔憂。而梁思成對她來說，是一種與生俱來的習慣，兩人相近的家世背景、素養和學識，意味著安定的生活，有尊嚴的社會地位，兩個大家族的親密無間。她可能猶豫，可能徘徊，甚而痛苦分裂，但長久以來的家訓和教育，最終戰勝了如流星般一閃而過的感情衝動，她仍退回傳統的那片河岸，徒留他在彼岸遺落花流水的空思。

人們常常惋惜徐志摩那段由家庭包辦的過早的婚姻，不禁臆想若徐林二人在康橋相遇時男未娶會如何如何？然才子佳人，畢只適合於故事傳奇，即便如此，我認為林徽因依舊會選擇梁思成。儘管當時的林徽因，還只是個未經世事的少女，但舊式大家庭三妻四妾的生活，已在她早熟的心中投下了陰影，她生母與父親貌合神離的婚姻，母親因父親的冷淡而淒涼的晚景，令她明白婚姻不能僅依靠感情的契合；共同的志向和人生道路，才終是她追求的幸福之旅，而這恰是梁思成能夠給她的。且早在旅居倫敦時，林徽因就對建築產生了濃厚的興趣，而就讀於清華大學建築系的梁思成，也早就立下了為中國建築事業奮鬥的志向。面對徐志摩西方詩人式的熱烈追求，她卻清楚地看到「志摩當時愛的並不是真正的，而是他用詩人的浪漫情緒想像出來的林徽音，可我其實並不是他心目中所想的那樣一個人」，確實，她無法像志摩那樣，一無反顧地浪漫到底，她的性格中交織著性靈與沉重、浪漫與現實，正如她終生熱愛的建築學一樣，是一種美與科學的結合。

相比對林徽因愛情和婚戀之種種熱議的塵囂直上，她與新文化運動之關係的論說，便顯得門前冷落車馬稀。

林徽因除了詩寫得妙，她創作的小說，雖僅留下六篇，但可以說篇篇都是佳作。我們從處女作〈窘〉，便可透出她在人物心理描寫上的細膩、精巧、多層次的功力；之後的〈鍾綠〉、〈吉公〉、〈文珍〉以及最有名的〈九十九度中〉等作品中，林徽因就非常關注在京華煙雲中的各色人物的理想與掙扎。相比同時代多數的白話文小說，如語言的白文交雜、人物的刻板描述，讀來總令人有點扭捏、造作和離隔之感。而林徽因的小說，讀之流暢、清新，絲毫沒有疏隔，則完全有現代小說的感覺，其嫺熟的手法，這多源自於英美求學時代，閱讀西方文學的功底。如果林徽因能堅持小說創作，我想，其成就恐在張愛玲之上。只可惜，林徽因創作的黃金時期，只局限於一九三一年到一九三七年的短短幾年，之後抗日戰爭的全面爆發，避亂西南的林徽因，身心交困，因而失去了安穩的創作環境；還因為她將工作的重心，更多地放在了她與梁思成共同熱愛的古建築研究上，這耗去了她大量精力，其後她創作日漸稀少，惜其生前未有單印本的詩集和文集出版，最早的《林徽因詩文集》，也直到一九八五年問世。

最令人惋惜的是林徽因唯一的一部劇本《梅真同他們》，本是一部四幕劇，卻只完成了三幕，劇中心比天高、卻身為下賤的舊式大家庭婢女梅真，那敢愛敢恨、聰慧婀娜的形象，被描繪得絲絲入扣、呼之欲出，這部劇本當時業界評價很高，美學大家朱光潛先生，曾贊其為：「悶熱天氣中的一劑清涼散」。只是第三幕結束時，戲劇的矛盾衝突達到頂峰，種種伏筆也開始顯山露水，卻戛然而止。梅真等人的命運，究竟如何，再無從知曉。林徽因只是戲言：「梅真參加抗戰去了」！這像是一句雙關語，透露出她對人物命運和自身命運的無奈，也成為當時不少讀者，如今許多研究林徽因的學者，成了永遠之遺憾。時至今日，我們也只能作如是觀：因為詩歌、文學也許只是她眾多興趣中的一種，林徽因人生的最後三十年，她都奉獻給了中國建築事業。在漫長的歲月裏，她與梁思成兩人在極為落後的窮鄉僻壤，曾四處奔走、尋訪那些已被人們遺忘的荒寺古廟，挽救了無數寶貴的古建築遺產。她以詩人的眼睛和心靈，發現了古建築中靈動的神韻，也鑄就了她在詩歌之外的另一片輝煌。

如今憶及她的文學生涯，除了自已積極從事新詩和小說的創作外，林徽因還是新文化運動不可忽視的文化推手。她是作為新文化運動重鎮之一的「新月社」的重要成員，諸如泰戈爾來中國，幾次重要的文化盛事，都能見到徽因的款款身影。而她的家世背景，她的學識經歷，她的品行和魅力，使新文化運動的眾多主要人物，都與其發生著密切的聯繫：如胡適，曾稱其為「中華民國第一才女」；金岳霖先生，把她稱為「中國的曼殊菲兒」。我想，一部五四後的新文化史，不論是豎著寫還是橫的寫，圍繞林徽因周圍，似有著無形的磁場，儼然成了新文化運動戰士們相聚暢談的桃花源，也是文學青年，想往的精神殿堂。但在她面前，沒有政治立場、沒有黨派門戶——她只單純的欣賞新文學作品中的美和真。

林徽因非常喜愛沈從文的小說，我因寫《王世襄傳》與老人訪談，王世老九十四歲時，在迪陽公寓他家裏，還不無神往地與我聊及抗戰時期，他與梁思成、林徽因同住李莊時期的生活。他老說，林徽因曾問他是否愛讀小說，當得知王世襄未曾讀過沈從文小說，她大為詫異，並極力向王世襄推薦沈的幾種小說。也許，在沈從文小說中，那深深根植於民間的鄉土情懷，正強烈地吸引著她，因為，林徽因多生長異域環境，截然不同的兩種文化，使她產生著神秘感。她高度讚賞沈從文小說的藝術性，並給予當時這位闖蕩北平的「鄉下人」以精神上的鼓勵和物質上的幫助。

蕭乾斑斑白髮時，還憶及自已的文章被林徽因賞識，而受邀初至梁家的往事，彷彿孩子打開了期許以久的禮物，驚喜和得意，溢於言表。當時寓居北平的著名漢學家費正清和費慰梅，也是林徽因家的常客，徽因以純正高雅的英語與其對話，一起騎馬出遊。無論是在風華正茂的京華歲月，還是顛沛流離的戰爭日子，亦或百廢待興的火紅年代，她周圍的文化氛圍從未有一絲一毫的改變。

如今，我們只能從那一代文人零零爪爪的掌故中幻化出徽因的形象，想像她的機趣、妙語和那率真無矯飾的性情。那個年代和那個年代的人都匆匆走了，倫敦寓所裏徽因曾擁被夜讀的爐火冷了，北平北總布胡同三號那曾被冰心諷刺為「太太的客廳」裏的茶香淡了，真光劇院裏，美麗的齊德拉公主緩緩謝幕；四川李莊病榻前，低低的讀書聲聽不見了；香山「雙清」的霜葉卻仍年復一年地紅於二月花。重讀她的詩作，是想撥開圍繞在她身邊愛情婚姻的種種故事，單純以詩人名義，去記取她，懷念她，也是為了留住那個年代最真的一縷暗香。

妙詩賞析

那一晚

那一晚我的船推出了河心，
澄藍的天上托著密密的星。
那一晚你的手牽著我的手，
迷惘的星夜封鎖起重愁。
那一晚你和我分定了方向，
兩人各認取個生活的模樣。
到如今我的船仍然在海面飄，
細弱的桅杆常在風濤裏搖。
到如今太陽只在我背後徘徊，
層層的陰影留守在我周圍。
到如今我還記著那一晚的天，
星光、眼淚、白茫茫的江邊！

到如今我還想念你岸上的耕種：
紅花兒黃花兒朵朵的生動。
那一天我希望要走到了頂層，
蜜一般釀出那記憶的滋潤。
那一天我要跨上帶羽翼的箭，
望著你花園裏射一個滿弦。
那一天你要聽到鳥般的歌唱，
那便是我靜候著你的讚賞。
那一天你要看到零亂的花影，
那便是我私闖入當年的邊境！

你是人間的四月天

我說你是人間的四月天；
笑響點亮了四面風；輕靈
在春的光豔中交舞著變。
你是四月早天裏的雲煙，

黄昏吹著風的軟，星子在
無意中閃，細雨點灑在花前。
那輕，那娉婷，你是，鮮妍
百花的冠冕你戴著，你是
天真，莊嚴，你是夜夜的月圓。
雪化後那篇鵝黄，你像；新鮮
初放芽的綠，你是；柔嫩喜悅
水光浮動著你夢期待中白蓮。
你是一樹一樹的花開，是燕
在梁間呢喃——你是愛，是暖，
是希望，你是人間的四月天！

情願

我情願化成一片落葉，
讓風吹雨打到處飄零；
或流雲一朵，在澄藍天，

和大地再沒有些牽連。
但抱緊那傷心的標誌，
去觸遇沒著落的悵惘；
在黃昏，夜班，躡著腳走，
全是空虛，再莫有溫柔；
忘掉曾有這世界；有你；
哀悼誰又曾有過愛戀；
落花似的落盡，忘了去
這些個淚點裏的情緒。
到那天一切都不存留，
比一閃光，一息風更少
痕跡，你也要忘掉了我
曾經在這世界裏活過

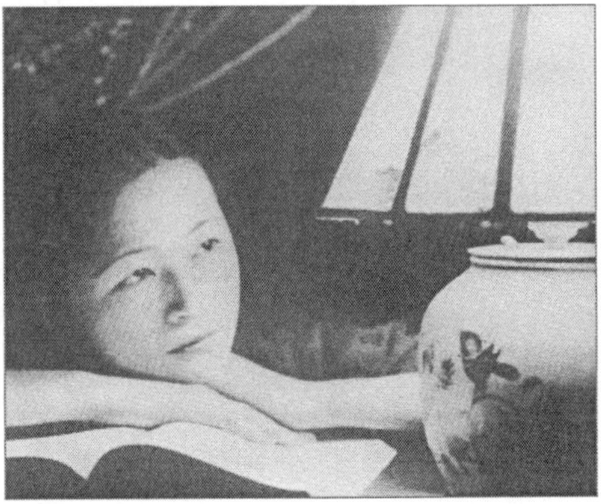

林徽因三十歲時留影

林徽因，建築學家和作家，為中國第一位女性建築學家，同時也被胡適譽為中國一代才女。三十年代初，與夫婿梁思成用現代科學方法研究中國古代建築，成為這個學術領域的開拓者，後來在這方面獲得了巨大的學術成就，為中國古代建築研究奠定了堅實的科學基礎。她的文學著作包括散文、詩歌、小說、劇本、譯文和書信等，其中代表作為〈你是人間四月天〉，小說〈九十九度中〉等。一九五五年四月一日清晨去世，年僅五十一歲。在林徽因的感情世界裏有三個男人，一個是梁思成，一個是詩人徐志摩，一個是學界泰斗、為她終身不娶的金岳霖。

主要著作：一生著述甚多，其中包括散文、詩歌、小說、劇本、譯文和書信等作品，均屬佳作，其中代表作為〈你是人間四月天〉，小說〈九十九度中〉等。一九三一年三月，林徽因到香山雙清別墅養病。先後發表詩〈那一晚〉、〈誰愛這不息的變幻〉、〈仍然〉、〈激昂〉、〈一首桃花〉、〈山中一個夏夜〉、〈笑〉、〈深夜裏聽到樂聲〉、〈情願〉及短篇小說〈窘〉，〈一天〉、〈激昂〉、〈畫夢〉、〈瞑想〉等詩篇幾十首；話劇〈梅真同他們〉；短篇小說〈窘〉、〈九十九度中〉等；散文〈窗子以外〉、〈一片陽光》等。其中代表作為〈你是人間四月天〉，小說〈九十九度中〉。

〈林徽因詩集〉（一九八五）

白采與《羸弱者的愛》

一九二五年白采《羸弱者的愛》初版本

谷林老走了。這突來的訊息是南京寧文兄電告的，後來讀到了許多友朋懷念他的文章，遂引我對他老不盡的縈念。余生也晚，未能親聆其教，但在《開卷》上，畢竟也算神交已久。斯人已逝，我想，最好的紀念，還是靜靜地讀他留存於世上的文章。於是，近日在寒冬料峭的哪些個晚上，把他老已經出版的幾本書，都一一疊放在床頭細讀。

一盞熒黃的燈下，谷老特具的那風流跌宕、詩意蘢蔥文字，看得我每晚至深夜二時以後還捨不得放下。而那本遼寧教育社版的《書邊雜寫》，我也如谷老一樣的讀書習慣，通讀了一遍又重翻到前面按序下來再讀。而其中的〈白采和子木〉一文，我也作了書邊雜寫。在此文中，谷老是這樣記載的：

《鄭孝胥日記》中屢見其新文學者有所接觸，如一九二四年二月二日云：「白采來，江西人。」可令谷老不解的是，「一部厚厚的《中國文學家辭典》在詩人條目中，只有白朗、白樺而無白采。」為此，谷老把這現象當作有趣的課題來研究，把舊書翻尋。他隱約記得俞平伯、朱自清作品中有所記述。果然在《燕知草》檢得〈眠月篇〉，題下有記：「呈未曾一面的的亡友白采君」，俞平伯在後來的回憶中說：「其時新得一友曰白采，既未謀面，亦不知其家世，只從他時時郵寄來的淒麗的詩句中，發現他的性情和神態。」

經谷林老考證，俞平伯與白采交往時間應是一九二四年。因無論從《鄭孝胥日記》，還是從

《雜拌兒》所收〈與白采詩〉，當時的白采，已成為五四新文化後的著名詩人。

為了白采，也為了紀念谷林老，我在我空間有限的書房裏，於「書似青山常亂疊」的書堆裏花了幾個晚上，終找到了白采的詩集《羸弱者的愛》。第二天又花了一個通宵，把白采的詩讀了二遍，方悟得了這詩的淒清與精彩。

《羸弱者的愛》是白采的名著，也是他出版問世的唯一的一部詩集。於一九二五年四月，由中華書局出版。筆者所藏的這本詩集，其封面是用黑體字所書，名為《白采的詩》，下有「第綜」兩字。旁有副標題：「羸弱者的愛一篇」，小三十二開本，整本書裝幀是長格的藍條子，猶如穿著一件蘭格子布衫，顯得格外的簡潔樸素。版權頁上鈐有「白采著作權」的白文印。而著作者的名字卻是：白吐鳳。

白采，原名童漢章，字國華，一名童昭海。（一八九四～一九二六）江西高安人，出身於商人家庭。一九一五至一九一八年間，三次離開家鄉漫遊名山大川，過著漂泊詩人的生活。一九一八年曾在家鄉組織同學會，創辦圖書館，並在高安縣女子學校任教。充滿糾紛的家庭生活與不幸的婚姻，使他深感痛苦。一九二一年，白采創作了第一篇白話小說〈乞食〉。一九二二年春節後，他終於從江西高安出走，離家去了上海，為隱其行蹤，改名白采，後又稱白吐鳳，考入了上海美術專門學校。一九二三年底畢業，在上海當過教員、編輯。一九二五年秋，執教於上海江灣立達學園。當時與朱光潛、方光燾、夏丐尊、劉薰宇、豐子愷等均為友好同事。一九二六年初，應聘到廈門集美學校農林部任教，暑假動身到滬杭一帶漫遊，剛到吳淞口即病逝於船上。

白采一九二四年寫成著名長詩《羸疾者的愛》。是一首抒情性的敘事詩，主人公身受社會的身心創傷，在他無目的漫遊中偶遇一慈祥老人及其美麗女兒，甚受歡迎，並許婚配，但他矢志不允，不管任何人的勸說，終至拒絕了愛情。這詩集用對話寫成，分為四部分：第一部分是青年人與老人的對話，二是他同自己母親的對話；三是他和友人的對話，四是他與姑娘的對話。白采的詩是淒麗的，表現在何？我們看他對主人公描述的個性：

她兩手繞著我的頸項／含笑喚我是成年的孩童／要我永象一個孩子／常同伊扶抱在一起。／老人還願給我很多藏書／和他所有的田疇土地／都將屬於我。／我卻拒絕了／這些在我已全無用處。

他拒絕了愛與財富。這看自孤辟的性格，其實是對社全的拒絕。當主人公從一如佛洛德所特有的人生恍惚和虛幻中走出後，作者那些淒清的詩句，又把我們帶回理智與現實的時空。羸弱者又與愛他的姑娘坦誠的對話：

但我們並不能化成了仙人／便該顧到人間的事實／理想不僅是精神的遊戲／是用來改變我們的實質／生命的事實／在我們所能感覺得到的／我終覺比靈魂更重要。

《贏弱者的愛》的作者，在理想、生命的本體、留下的美好的回憶中，他在反叛的同時也充滿了矛盾，整個長詩的結尾處，無不暴露詩人白采自己，其精神的灰暗以及悲觀主義的心態：

我將再向我渺茫的前途／我所做的，決不反顧／請決絕了我吧／我將求得毀滅的完成／償足我贏疾者的缺憾。

白采的這部詩集，唱的是一個贏疾者與愛的主題，有人物有故事、有背景有連貫的情節，通過對話來完成。確是從五四甚或至今日，是較少見的一種創意詩歌。這本自提倡白話文以後的新詩集，總共七百二十餘行，有六千多言。

當年，這部詩集出版後，那樣用詩來表達一個愛情故事的詩集，確贏得五四後剛從封建籠罩下走出的當時的少男少女之青睞。俞平伯讀了，也為白采的詩而興奮不已，殊不知那時的俞先生，是否已讀過普希金的詩體小說《葉甫格尼•奧涅金》，當然，奧涅金到頭來仍處於無所事事、苦悶和彷徨的境地，染上了典型的時代病，顯然與白采的所描述的主人公「一個贏者」之愛，不可同日而語。

俞平伯曾評說白采這部詩集為：「瓊枝照眼，寶氣輝然，愈讀則愈愛。」還說「三月間遊甬帶給佩弦看」，可見白采詩在當時名躁一時，同時其小說詩文，氣味雅致，也足讓人括目。與寫新詩的同時，當年白采所寫的舊體詩，也同樣具有貴氣，詩風極似李太白，他曾自負地說：「自唐李白以來，九百年無此詩」。你看，那時期的白采有多自傲。而他的新詩集一出版，朱自清讀後，也認為「甚感知己之言，沫若亦正有此語」並譽為是「這一路詩的押陣大將」。可見當年郭沫若，這位僅次於胡適的新詩人，對白采詩也同樣稱譽。故朱自清於一九二六年八月二十七日寫完收入《你我》中，有專文對白采的詩歌作了評價。而《背影》一集中有專寫〈白采〉文一篇。朱自清曾在上海立達學園，翻閱過《白采的小說》手稿，說他有「遺世絕俗」的性格，並表達了對亡友的懷念與歉疚，當白采英年早逝後。

白采的舊文學，根柢深厚，他曾著有《絕俗樓我輩語》一書，足以證之，但他在《羸疾者的愛》一長詩中，竟能將舊詩詞的辭藻、語彙及舊格律、舊意境，掃除得乾乾淨淨，全詩以一種嶄新的姿態與讀者相見，這足見詩人的天才。當然，語言的天才發揮，離不開如中國已故語言學家羅莘田之說：「嘗欲恢宏詞彙，約有四途：蒐集各行各業之慣語，一也；容納方言中之新詞，二也；吸收外來語之借字，三也；董理話本語錄戲曲小說中之恆言，四也。四術雖殊，歸趨則一。」我想，白采作為天才的詩人，正是在於此矣。

白采三十二歲即離世，若不英年早逝，足能與徐志摩、朱湘並駕齊驅，甚或超而上之。詩人白采，其秉性遺世絕俗，自然是落落寡合；但他卻是個真誠的人。在此，不妨一讀他逝世前二年，那直抒肺腑的自跋：

我作詩脫稿後，常愛緘秘，或揉縐撕碎。有時也極想出而就正；但我因第一次的發刊，總不願假手他人，這正是我一種僻性罷了。此時承俞平伯君許為近來詩壇中Masterpieces之一，至相徵六次未已；又郭沫若君，也有傑出之譽，極欲為之發表。他們的話，是否靠得住？不是哄我的？只好仍由他們去負責。我不過要在此順便申謝一句！

我的初稿，本打算暫時起草大意，再待補輯的；不料擱筆至今大半年了，還是無暇再把它弄好，真是恨事！但我總想先就此本嚴加修削，使無完膚，方覺快心。俞君卻來書勸止，他說：「當時實感的遺痕，心須尊重愛惜，不可以事後追摹之跡，損其本來面目。」故僅就俞君點勸勘的數字易之。至於我試刊的唯一希望，仍是想多得些真心願指導我的人。

白采的這個短跋，寫於一九二四年八月八日，自稱這天正是「他的紀念日」。不知是他的什麼紀念之日？不得而知，新新文學史料學者考證。他早逝後，留下了「詩評、詩史」隨筆集，舊詩集，還有他收有七篇的小說集，惜未能讀得，不禁歎歎。

白采，作為一個遺世絕俗的詩人，已是八十五年前的詩壇舊事，早已消失在文學歷史的視野裏了，但因其詩的「瓊枝照眼，寶氣輝然」，再度引起人們的關注。谷林老早在十多年前就對白采作了介紹，今夜，當我翻閱這一冊薄薄的詩集時，只能以此憑弔詩魂，不禁令人遙想。我想，昔年的才子詩人，儘管，今日《新詩辭典》裏，已沒有了他的名字，但今天喜歡詩歌的人（包括他的小說、隨筆、舊詩），還總會想起他來。也許，今日能入各類典籍的名聲顯嚇者，那些人那些事，倒無人想起他來，甚或不屑一顧。

但作為詩人的白采，還站在那歷史的時空裏，總還會有人聽他絮絮的吟誦！

妙詩賞析

白采的長詩《羸疾者的愛》）一九二四年所寫，詩分四大段。第四段是比較長的一段。愛他的女郎，竟不辭跋涉，遠遠找來。羸疾者申明自己的病，仍然拒絕對方的愛。但對方仍對他愛戀不已。現摘其第四大段中的雙方對話詩，錄之，以餉如今已無法讀到此詩集的讀者。

女郎：
執拗的人啊，
你比別人更強項了；
但你比別人更痛苦了——
自示羸弱的人
反常想勝過了一切強者。

我知道你的，比你自己知道得更多：
你心比那心壯的更心壯！
比那年少的更年少！
你莫謾我，

我是愛著你了。
由各人觀察適合的，便算完善。
你是我所認識為最為滿意的，
在我正得著我所要得的，
我便是完善了。

只要許我一次親吻，我便值得死；
只要許我一次擁抱，我便幸福。
用我自己的手指摘的果子雖小，
我卻不貪那更大的了。
詩人：
賢明的女士：
請改變你的癡望罷，——
你是病了！
你該明瞭你有更大的責任，
卻超過你的神聖的愛。
我們委靡的民族，
我們積弱的祖國；

我們神明的子孫大半是冗物了！
你該保存「人母」的新責任。
這些「新生」，正仗著你們慈愛的選擇；
這莊嚴無上的權威，
正在你豐腴的手裏。

固然我也有過愛苗在心裏，
但是卻同我茁壯的青春，一路偷跑了。
我是何等的悲痛啊？
我不敢用我殘碎的愛，愛你了！

不能「自助」便不能「合作」，
為了我們所要創造的，不可使有絲毫不全；
真和美便是善，不是虧蝕的！
你該自愛——
珍重你天生的黃金時代。
…………

在上海立達學園時的白采

白采（一八九四～一九二六）原名童漢章，字國華，名童昭海。江西高安人，出身於商業地主家庭。一九一一年從筠北小學畢業後繼續刻苦自修。早年在高安女子學校任教，開始作詩習畫。後畢業於上海美術專門學校，任教於上海立達學園。一九二四年寫成著名長詩《羸疾者的愛》。這首詩，歌頌為生命的尊嚴而獻身的人，單純、質樸而又充滿力量，被朱自清譽為「這一路詩的押陣大將」。一九二五年秋，執教於上海江灣立達學園。一九二六年初應聘到廈門集美學校農林部任教，暑假動身到滬杭一帶漫遊，剛到吳淞口即病逝於船上。

主要作品包括小說集《小說》（一九二四，中華）、《乞食》，詩集《白采的詩》（一九二五，中華）、《絕俗樓上詩》（一九三五，南昌獨學齋）、《花瓶》，隨筆集《絕俗我輩樓話》（一九二七，開明）、《絕俗樓選集》（一九八二）。

一九二二年，油菜花黃時
——懷念現代愛情詩人汪靜之

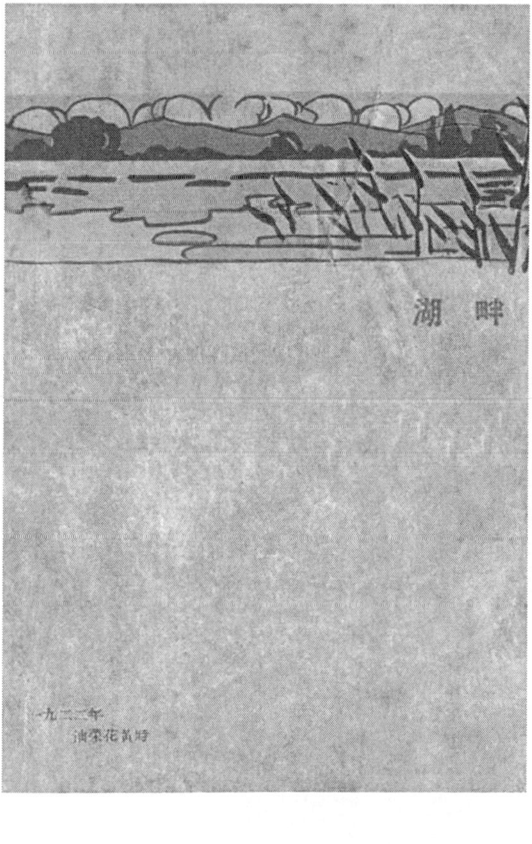

《湖畔》一九二二年初版本

中國的愛情詩，自古有之，由來已久，如從第一部古代詩歌總集的《詩經》說起，已二千多年，但作為我們後人，特別是進入了現代，若以「五四」以後的詩人來說，能說出其名的，卻應是魯迅與周作人都認可的汪靜之了。

提到汪靜之，自然不能不提及湖畔詩社，它既是由幾位志趣相投的年輕人組成的民間團體，同時也代表了上世紀二十年代中國白話詩歌的一個重要流派，因此，在中國詩壇上就有「湖畔派」之稱。湖畔詩社第一個詩集《湖畔》，由在上海銀行裏任事的應修人籌錢，自費印刷出版，印數一千冊。但這本小巧玲瓏的詩集，在滬杭等地一聞世，很快就被搶購一空。今日。於我的書篋裏，歷經文革劫難，幸藏有這樣的一冊詩集。此書，樸素而淡雅，封面的上半部是春意盎然的湖畔，畫面右下角，印有黑體「湖畔」兩字，給人秀美而極為簡潔的感覺；左下角標示：「一九二二年油菜花黃時」，七號楷體，小開本極為精緻。這也許是第一本民間詩集，迄今雖近九十個年頭了，一如人間的一個矮老頭，還那樣健康地活著。

瞧著這詩集封面上的遠山近湖，讀著那「油菜花黃」四個綠色之字，筆者不由得在心底泛起一個歷史鏡頭：一九二〇年，初夏的西子湖畔，濃蔭低垂，小荷才露尖尖角，十八歲從安徽走出的汪靜之，正漫步在蘇堤上，這是他第一次離開家鄉績溪，來到人間天堂的杭州；湖光山色，綠柳紅舫的迷人風景，讓他陶醉不已。這個身材瘦削，斯文白淨，略帶多愁善感的年輕人，剛考入浙江省立第一師範學院，他帶著無限的憧憬，來到那朝思暮想之地。寫此，我倒要插一句話，晚年時的汪靜之，歷經文革後，幾乎有像「梅妻鶴子」的林逋一般，隱逸在杭州，當時我有機緣，問他第一次到杭州的觀感，他對我說：「那時到杭州，只是想能考一所學校讀書求學，但未料到年輕時內心洋溢的詩情，不期然正遇上了中國新詩的黃金期，爾後，卻成就了我一片繁花碩果的人生風景，這是當時意想不到的事！」

當年的湖畔詩社，其主要成員，絕大多數來自浙江第一師範，這些年輕的學子，於「五四」新文化運動感召下，敢於衝破僵化的思想道德束縛，藉助新詩禮讚美好的青春，歌頌人類純真自然的感情，表達了自身對人生的種種期許、煩惱，以對愛情的憧憬和追求。「湖畔派」的詩風，以清新、樸淳、真實、單純，為其詩藝宗旨，這在當時的詩壇，獨樹一幟；因而引起了不少名家前輩的關注。

朱自清就十分讚賞湖畔詩社，曾說：「中國缺少情詩……真正專心致志做情詩的，是『湖畔』的四個年輕人，他們那時候，可以說生活在詩裏。」且這些詩，也引起了「五四」新文壇最著名的三大家魯迅、胡適、周作人的高度關注。他們曾為湖畔詩社擔任導師；葉聖陶、朱自清、劉延陵也曾為他們擔任顧問，鑒此，就可一窺當年湖畔詩社，於文壇的重要地位。

汪靜之剛就讀浙江第一師範不久，便有詩作發表在《新潮》雜誌上，因他許多科目都掛「紅燈」，唯獨國文成績出類拔萃，在學校裏成了名人，同學們紛紛以「詩人」相稱。也就在一九二〇年，汪靜之寫出第一本處女作《蕙的風》。有人評說他當年創作的「《蕙的風》」，便是一場並不成功的戀愛結晶：汪靜之與湘女傅慧貞（杭女師三號美女）已經山盟海誓，因女家棒打鴛鴦而分手，《蕙的風》就是汪寫給傅的情詩，蕙慧諧音。」那時，汪靜之結識了同在第一師範求學的潘漠華和馮雪峰。當時，潘與汪同歲，馮則小他一歲；之後，又認識了在上海的年長一歲的應修人。就這樣，四個同樣風華正茂的少年，滿懷著對生活、對詩歌的無限熱忱，走到了一起。

一九二二年三月底，應修人特地從上海來杭，與馮雪峰、潘漠華和汪靜之相聚於西子湖畔，他們談新詩異曲同工，說人間之愛，別開生面，帶著激情與詩興，四個少年詩人遊玩了一星期；這期間，遂由應修人發起，從四人的詩作中，遴選若干，編選成集，而汪的詩，是從他已付印的《蕙的風》裏取出的。四個年輕人，在詩集的扉頁上，定格於這樣的題詞：「我們歌笑在湖畔，我們歌哭在湖畔！」這發自詩人內心的話，真有點一如錢鍾書所說的，「詩人們就像古希臘悲劇裏的合唱隊，尤其像那種參加動作的合唱隊，隨著搬演的情節的發展，在歌唱他們的感想。」（見《宋詩選注》序）他們「不僅敢愛而且敢寫，不僅敢寫而且還敢拿出來發表，敢於讓全世界都知道，甚至唯恐別人不知。」（見裴毅然〈汪靜之五四情詩〉）

汪靜之，當時在學校，抑或於西子湖畔，有時長歌當哭，有時，盡情唱出象徵著他當時的意氣風發和純真的快樂。可以說，那時的汪靜之，幾乎每天就像一隻在湖畔放飛愛的小鳥。讀者諸君，今日不妨讓我們再來回聽一下，他當年的放飛之歌：「風吹皺的水／沒來由地波呀，波呀」，「花呀，花呀，別怕罷／『我慰著暴風猛雨裏哭了的花』／花呀，花呀，別怕罷！」，「你該覺得罷／僅僅是我自由的夢魂兒／夜夜縈繞著你麼？」這些詩句，猶古代的小令，充溢著芳香、清純！而詩的情感，如同詩人的年齡，猶如二十歲綻出的詩之花蕾。而較之這些「花蕾」前一年創作的《蕙的風》，是一個少年詩人，飽含深情，為愛情所唱：「是哪裡吹來／這蕙花的風……／溫馨的蕙花的風？／蕙花深鎖在園裏／伊滿懷著幽怨／伊的幽香潛出園外／去招伊所愛的蝶兒……」

這詩，在今天的人看來，直白發露，那含蘊的愛，似沒什麼刺激，可在當時，卻影響甚廣，（這一如今日，談起民主憲政那樣）會引起了軒然大波。但在封建頑固派的反對聲中，魯迅先生終於站出來說話：「靜之的情詩……可以相信沒有不道德的嫌疑。」朱自清也評說：「這是向舊社會道德投下了一顆猛烈無比的炸彈！」在封建彈片的紛飛下，汪靜之作為新文化運動的幼苗，終受到了重壓，幸虧得到魯迅、胡適、周作人、朱自清等名家的支持。

我們再讀另一首詩：伊的眼是溫暖的太陽／不然，何以伊一望著我，／我受了凍的心就熱了呢？／伊的眼是解結的剪刀；／不然，何以伊一瞧著我，／我被鐐銬的靈魂就自由了呢？／伊的眼是快樂的鑰匙，／不然，何以伊一瞅著我，／我就住在樂園裏了呢？／伊的眼變成憂愁的導火線；／不然，何以伊一盯著我，／我就沉溺在愁海裏了呢？（見〈伊的眼〉）這是抒寫愛情之力，當然，愛情之眼，是解結的剪刀、快樂的鑰匙，但也是憂愁的導火線。那年，《湖畔》詩集出版後，一九二二年五月八日，周作人就有短文評道：「《湖畔》是汪靜之君等四人自費出版的詩集。這四個人的詩在本附刊上，也曾經發表過好些，看過的人大約自然知道，不用我來批評好歹，我在這裏只說一句話，他們的是青年人的詩，許多事物映在他們的眼裏，往往結成新鮮的印象。我們過了三十歲的人所承受不到的新的感覺，在詩裏流露出來，這是我所時常注目的一點。」而魯迅也即評說，這些情詩是「血的蒸氣，是醒過來的人的真聲音。」

的確，作為「湖畔詩社」詩人們的詩，在其共性上，各有各的特色。應修人在編訖《湖畔》詩集後，於一九二二年四月一日，以〈心愛的〉為題寫道：「柳絲嬌舞時我想讀靜之的詩了；晴風亂颭時我想讀雪峰的詩了；花片紛飛時我想讀漠華的詩了。漠華的使我苦笑；雪峰的使我心笑；靜之的使我微笑。我不忍不讀靜之底詩；我不能不讀雪峰底詩；我不敢不讀漠華底詩。並且在詩的首尾說：「逛心愛的湖山，定要帶著心愛的詩集的。」「有心愛的詩集，終要讀在心愛的湖山的。」詩的正文說的是各詩人的風格；這一頭一尾講的是異曲同工的傾向。寫此，我想，如今的讀者，讀了應修人之文，也許很難想像，這位詩人只是上海一家小銀行的職員，後來他從多情善感的詩人，一躍而投身於革命，爾後，為了保護革命者，他從樓上跳下，壯烈犧牲。另一位詩人馮雪峰，是魯迅的同仁與朋友，反右、文革中，多受衝擊，後寫出不少雜文。而另一少年詩人潘漠華，卻於一九三三年十二月，在天津市委宣傳部長任上，領導北方左聯工作，不幸被潛入左聯內部的特務逮捕，關押在國民黨市黨部特務隊，敵人對他嚴刑拷打，卻一無所得，就把他押送到天津法院看守所，隨後轉押河北省第一監獄，於一九三四年底，終折磨致死於獄中。也許在今天一個浮躁的時代，物化的社會，是很難想像當年那些為詩而歌，為詩而哭的人的心靈世界究是什麼？但是，那年代的青年，知識與人文，乃或詩人之風範與人格魅力，在這些人身上始終是統一的，無論當時他們職業雖各不同。也許在今日，如再認識這些當年的詩人們，卻成了在講天寶的遺事一般，重讀他們的詩與他們各人的經歷，定會有年輕人說：「真有這樣的人嗎？」

朱自清先生於《中國新文學大系・詩集・導言》中，曾重申了他的評論。他說：潘漠華的詩「最淒苦，不勝掩抑之致」，馮雪峰的詩「明快多了，笑中可也有淚」，汪靜之的詩「一味天真的稚氣」，應修人的詩「卻嫌味兒淡些」。而朱自清在為《蕙的風》所寫的序言中，對汪詩的藝術傾向，有更進一步的說明。他從一個天真爛漫的二十歲的少年「少經人間底波折」為出發點，認為汪靜之的詩「多是讚頌自然，詠歌戀愛」；認為其所讚頌的「又只是清新，美麗的自然，而非神秘，偉大的自然」，其所詠歌的「又只是質直，單純的戀愛，而非纏綿，委屈的戀愛。」認為「這才是孩子潔白的心聲，坦率的少年的氣度！」我想，當歷史快走過了百年之時，朱自清的這番話，可謂一語中的。如從四個詩人之後的人生命運來看，幾乎成了讖語，除汪靜之為愛情吟唱一生外，潘漠華一生最為淒苦，馮雪峰後來的命運，確是「笑中有淚」；因解放前複雜的革命經歷，解放後又身處敏感的意識形態中心，身涉政治，從一九五四年開始，馮就一直處在極度艱難的境遇中，且在一九七六年含恨而逝。應修人一瞬間的壯烈之死，如從人生旅途視之，卻嫌「味兒淡些」矣。

作為終身詩人的汪靜之，一九二六年，出版了他的第二個詩集《寂寞的國》，同時還寫了一個長篇小說《翠英及其夫的故事》、一個中篇小說《耶穌的吩咐》，以及一個短篇小說集《父與女》。四詩人中，汪靜之是湖畔時期，唯一獨立出了詩集的。《湖畔》只是象徵性地收入了他的六首小詩，之後，湖畔詩社出版的《春的歌集》中，則完全沒有他的作品。汪靜之的作品都收在他的個人詩集《蕙的風》裏。《蕙的風》是一部純粹的自由、大膽、浪漫的愛情詩集。

抗戰期間，汪靜之先赴粵任中央軍校四分校國文教官，後隨校遷往廣西宜山，再遷貴州獨山。一九四二年，因拒絕重慶川大教授約聘，經濟困難，做釀酒生意。一九四五年，與人合夥開小飯館，親自跑堂。抗戰勝利後，先後執教於徐州江蘇學院、復旦大學中文系。解放後，應湖畔老友馮雪峰之邀，由復旦大學調入人民文學出版社任編輯，一九五六年轉入中國作家協會為專業作家。

文革前夕，他敏銳地感覺到時局不太好，便悄悄地回到了西子湖畔。從此，一個市民雜居的居民區裏，隱居了個白髮蒼蒼的老詩人。那時代誰還顧問詩以及詩人。沒人認得他是誰，也沒人想追究他是誰。這樣，當整個國家長達十年都處於風暴之中，多少知識份子罹禍，身處煉獄，而汪靜之，卻奇蹟般地成為未受任何衝擊的「五四」老人。「幸虧自己遠離政治，半做隱士，才苟活性命於亂世」，晚年的汪靜之這樣回首。直到一九八二年四月四日，湖畔詩社建社六十週年，新的湖畔詩社在杭州成立，汪靜之任社長，在成立大會上，汪靜之宣告：「我們從此要歌笑在湖畔。」於此，這位古稀詩人，重又彈起豎琴，弦歌了十四個年頭。

然而，一九九六年十月十日，那天，九十五高齡的汪靜之，終停止了步履，放下琴弦，輕輕地躺下，再不能歌吟於湖畔，但卻似一泓寧靜的西湖水。在汪老遺體告別的那天，我隨一位詩人奔向杭州，誰知國道堵車晚了半個小時，我們未能送汪老一程，最後，我只能呆呆地凝視他的兒子、著名翻譯家汪飛白，他正捧著詩人的遺像，在那裏徘徊……於此，我只能用心沉沉地呼喚：「汪老啊，您在哪裡？你真不能再歌吟你一生鍾愛的情詩了嗎？」

中國失去了一位終身詩人，也許，我們如今只聽到「終身教授」、「終身院士」，從不會想到一位詩人在人世間的重要，在這方面，我們真應想想二千多年前的孔子，以及西方哲人亞理士多德，他們對詩，是那麼的看重。我一直在想，詩，詩人，是永恆的。但「突然間，原來不滅之物，成為可滅」，於是，從杭州回來的那晚，我徹夜未眠，時想起汪靜之晚年對我們說的：「真誠是詩人的高貴氣質！」，如今，這句話真成了我心中的「不滅之物」！

儘管詩人，已早離開了這喧囂的世界，儘管我們面臨的是浮躁與物化的時代；但是，我相信詩人的語言，現在還活在每一個愛詩者的心中，當世俗浮雲，遂消退後，那片茂盛的春天的油菜花，將一直生活於大地上。

妙詩賞析

蕙的風

蕙花深鎖在花園，
滿懷著幽怨。
幽香潛出了園外。
園外的蝴蝶，
在蕙花風裏陶醉。
它怎尋得到被禁錮的蕙？
它迷在熏風裏，
甜蜜而傷心，翩翩地飛。

最美滿的情緣

小鳥婉轉地在林中歌唱，

紅灼灼的杜鵑花映紅了山。
惠風迎送著我倆，
沿著彎曲的草路遊覽。

你在山花裏採了一根相思草，
你盛你的愛在相思草裏面，
笑著把相思草贈給我，
虔誠地插在我的鈕扣眼。

我曾把愛情贈給姑娘們，
她們都不領情，原璧歸還。
我採了勿忘我贈給你，
和你結下最美滿的情緣。
秋夜懷沫若、達夫
我們去年在吳淞江畔閒遊，
從夕陽下山到明月當天，
我要你們倆唱日本的歌兒，

我愛那歌情的淒豔。

你們一個唱得那樣悲壯，
一個唱得那樣哀傷。
不盡的江流和著歌聲嗚咽，
夕陽明月和著歌聲升隆。

今夜的月色如此淒涼，
我孤獨地在月下彷徨。
我覺得無限的寂寞而無聊，
默默地向著長空凝望。

年輕時汪靜之

汪靜之，（一九〇二～一九九六），安徽績溪人。「五四」時期，屬於全國一百四十二位著名作家之一。早年求學於屯溪茶務學校，一九二一年考入浙江省第一師範學校，由於深受「五四」運動新思潮的影響，是年下半年，與潘漠華發起成立了有柔石、魏金枝、馮雪峰等參加的，由葉聖陶、朱自清為顧問的「晨光文學社」。一九二二年三月，與潘漠華、應修人、馮雪峰等組織了我國現代文學史上最早的新詩團——湖畔詩社。一九二六年秋在蕪湖一所中學執教，十月，經郭沫若介紹任北伐軍總政治部宣傳科編纂，次年任《革命軍報》特刊編輯兼武漢國民政府勞工部《勞工月刊》編輯；一九二八年至一九三六年在上海、南京、安慶、汕頭、杭州、青島任中學文教員及建設大學、安徽大學、暨南大學中文系教授；一九四七年八月任上海復旦大學中文系教授；一九五二年調北京人民出版社古典文學編輯部任編輯；一九五五年調中國作協，其後，一直擔任湖畔詩社社長。

主要作品有《蕙的風》、《耶蘇的吩咐》、《翠黃及其夫的故事》、《鸞命》、《寂寞的國》、《人肉》、《父與子》、《作家的條件》、《詩歌的原理》、《李杜研究》、《愛國詩選》、《愛國文選》、《詩廿一首》，並發表過大量文章。其中詩集《蕙的風》一九二二年初版，在全國掀起巨大反響。

蒲風在日本的詩集
——《六月流火》

《六月流火》一九三五年日本東京印刷初版

在中國現代文學史上，有一位上世紀三十年代的左翼文藝運動的年輕詩人——蒲風，頗值一提。這樣的詩人，離世已久，容易為人們所忽略。而他最有名的詩歌集《六月流火》又是域外版本，自五四新文化運動以後，是唯一一本在日本東京出版發行的詩集，更屬罕見。

蒲風，生於一九一一年，原名黃日華，學名黃飄霞，廣東梅縣人。早年就讀於上海中國公學，一九二七年開始詩歌創作。後參加左聯，與楊騷等組織中國詩歌會，出版《新詩歌》。一九三四年去日本，與雷石榆等創辦《詩歌生活》。抗戰開始後，曾一度在廣州主編《中國詩壇》，由於貧病交迫，一九四二年病逝於皖南天長縣。詩人之一生，僅活了三十一個年頭，但給我們留下的詩文卻碩果累累。終其短短的一生，就有十五部詩集、四部論文集、二部譯詩。長篇敘事詩《六月流火》可以說是他的代表作，凡二十四章，一千八百多行，詩中熱烈而豪邁地謳歌了當年的農村革命，勇敢地發出了「舊的世界即將粉碎了」的預言。其詩語言簡練、節律明快、朗朗上口。

《六月流火》書名由日本著名戲劇家、文學家秋田雨雀（一八八三～一九六二）以草楷所題。封面色彩鮮豔奪目，藍底黑字。該書開本為11.5×18cm。右邊與上端均為紫色寬邊框，左邊從上至下似掛下一條條紅色之線，一個太陽，上懸於右上角。書頁下部有排著隊的人群，舉著鐮刀在行走。書有特製的護封，整部書裝幀精緻。

筆者所藏的是一冊毛邊本。一九三五年十一月二十日付印，一九三五年十二月二十五日初版。版權頁上寫有「長篇故事詩」。日本東京神田區神保町渡邊印刷所承印。發行者是蒲風自己的學名——黃飄霞。書上印有在中國的代售處，就是上海北四川路上的內山書店，也就是當年魯迅常去買書或會友的書店。

近日閒暇時，翻閱厚厚的《新詩鑒賞辭典》，無意間讀到一首〈荔枝灣上賣唱的姑娘〉，詩是這樣開頭的：戴上你陰沈的臉孔／忍耐著冷風的刺傷／眼睜睜地望著／望著遠遠的不景氣的市場／嗚嗚咽咽／叮叮嚀嚀／你們可準備寂寞的彈唱到天亮。這首詩是蒲風一九三四年去日本前，回到他的故鄉廣東梅縣所寫，描寫了當年廣州荔枝灣上賣唱的姑娘為了糊口而艱辛掙扎的生活情景。今日的新詩讀者，也許只能讀到少量的蒲風類此的短詩；對於長篇故事詩《六月流火》，也許二十一世紀的寫詩人與讀詩人，給忘卻了。

而圖書館，也許，也很少有藏這部域外所印的中國新詩集的。

這部著作故事多多。脫稿於一九三五年十一月，其時中國工農紅軍剛走完二萬五千里之長征。長詩對這一偉大的歷史事件，用詩歌體第一個作了熱情的禮贊。如第十九章〈怒潮〉「詠鐵流」一節，詩人敞開赤熱的心胸就放歌而誦：

鐵流喲，到頭人們壓迫你滾滾西吐，／鐵流喲，如今，翻過高山，流過大地的胸脯／鐵的旋風捲起了塞北沙土，／鐵流喲，逆暑披風，／無限的艱難，無限的險阻！／咽下更多數量的苦楚裏的憤怒，／鐵流的到處喲，建造起鐵的基礎！

在中國新詩史上，這是最早歌頌長征的詩。所以，當時它一帶進國內發售，即遭到當局查禁。正如曹靖華先生所說：「即便在當時，即一九三六年時代，《六月流火》在國內能讀到抑或保存這部詩集的，就寥寥無幾。」然而，一部書，雖歷經飄泊，也總會薪火相傳，留存於世。近日，有機會在南通和幾位愛書人一起參加一部毛邊本書的首發會議，我與坐在身邊的書友陳子善先生交談，他說也完好地保存著這部書。

一九三六年春，當蒲風在域外創作此書時，郭沫若也正在日本，在東京恰巧與他相見。郭閱讀這部詩集後，高興地指出：「至於《六月流火》，雖無主角，但也有革命情調作焦點。其『詠鐵流』一節，可以把全篇振作起來。結尾處輕輕地用對照法作結，是相當成功的。」

蒲風曾三易其稿，書後附有作者撰述的〈關於《六月流火》〉一文。他說：「決不是學時髦，我之所以寫此長篇故事詩，因為在中國它尚未有足供前車的姐妹。但是，也決不是我個人的癡性的固執，而是向我們作了客觀要求的是時代。動亂多難中萬千的光怪陸離，總得歸於一個時代。……」詩集之名，是在徵求了郭沫若的意見後定的。「六月流火」的書名，究是從何而來呢？蒲風在其後記中，說了這樣一段寄寓深意之話：

關於「六月流火」四字，我得多謝郭沫若先生為我作了如下的指示：「七月流火」這句古語是說七月間火星在天上流，這個火星是心星，西洋名的蠍座（SCORPIO），你的詩中仿用它，把它當成普通的火字在用，似乎是應該斟酌的。但是，詩經上的「七月流火」所寫的是入秋的漸涼天氣，而這裏所用「六月流火」，我想，就當作比七月更熱也非不宜。

郭沫若對書名作了上述的解釋後，蒲風決定把此詩集取名為《六月流火》，又寫下了一段解說：「『七月流火』跟『六月流火』好像一個是天，一個是地。唯一經郭沫若先生的解說，倒好像更加有了詩意。」

能在異國出版這本詩集，少不了日本文學家秋田雨雀先生在各方面之大力幫助。該書封面由洪葉先生設計，黃新波先生為「作者剪影」並在書中作木刻插圖，黃鼎先生同時作了漫畫插頁。魯迅當年曾購買多部，以寄贈北方的青年學生和好友。他於一九三六年四月一日致曹靖華的信中寫道：「《六月流火》看的人既多，當冉寄一點。」曹靖華也在此信注釋中寫道：「《六月流火》，清新活潑，充滿革命朝氣，頗受當時革命青年所歡迎。」

此書在國內發售後，即被國民黨反動派以「鼓吹階級鬥爭」為由，密令查禁。所以，能保存下此詩集者就很少。

每逢閒暇，我會小心地從藏書套中抽出此詩集，讀它幾首。讀其詩，並非單為賞析其詩藝，因為論詩藝，在近半個世紀的中西文化交融中，詩的發展已夠多姿多彩。但是，每當重讀這本舊詩集時，能讓我重回當年詩人所處之時代，重拾起那睽隔了一個甲子年的歷史情景。雖說詩人已離了我們，但他的詩，那些當年日夜捶擊出來的、由人生痛苦延展而成的文句，一如六月之流火，那般的熱、那樣的深遠！

妙詩賞析

荔枝灣上賣唱的姑娘

一個面對著小洋琴，冷清清的秋夜，
顫慄的竹片上傳出顫慄的聲音：
更有一個在胡弦上揪送出生命的歎息，
相和著：嗚嗚咽咽，叮叮嚀嚀！
希望正似陰沈的天空，
不露一點星光，月被遮住臉孔。
遊艇被棄在黑暗的角落，
好像無數的黑棺在鋪排著，
不點燈，蓄下暗暗的一片朦朧。
人們也許記起往日的繁榮：
百十遊艇地穿梭，
水面輕巡著涼爽的風，

遊艇裏飄出粉香，送出樂音，
也有情人們的細語噥噥。
可是，如今的荔枝灣已入了暮年，
正像天空重疊了萬千雲堆，
荔枝灣，水池添上無數暗黑的皺瀾。
陰影裏不再顯出搖曳的倒影，
深溝卻更是惡臭的淵源。
唉！冷的荔枝灣誰來遊玩？
臭的荔枝灣誰來遊玩？
臭的荔枝灣誰來買唱？
哦哦！你兩個賣唱的姑娘，
戴上你陰沈的臉孔，
忍耐著冷風的刺傷，
眼睜睜地望著，
望著遠遠的不景氣的市場；
嗚嗚咽咽，叮叮嚀嚀——
你們可準備寂寞的彈唱到天亮……

妒

雲向海調情，
海擺出藍黑的臉孔；
高高的，高高的，
雲兒只能停留在天上。
水平線上出現了月亮，
海面閃閃的露出金光；
慢慢的，慢慢的月兒上升，
海的媚笑，不住的不住的蕩漾。
雲，張開黑的翅膀，
使勁地吞食了月亮。
海面黝黯，黝黯，
雲兒猶在展開黑的翅膀。

蒲風，廣東梅縣人。原名黃日華，又名黃飄霞（一九三五年在日本自費印《六月流火》署名）黃蒲芳，筆名蒲風（三十年代起，見署《新詩歌》、《文學》、《光明》等。黃風（見一九三五年東京《詩歌》）。一九三八年在廣州國民黨一五四師團部工作時見用，次年辭去。

詩人早年曾就讀上海中國公學。一九二七年開始詩歌創作。後參加左聯，與楊騷等組織中國詩歌會，出版《新詩歌》。一九三四年去日本，與雷石榆等創辦《詩歌生活》。抗戰開始後，在廣州主編《中國詩壇》，任廣州文化界抗協後援會理事。一九三八年加入中國共產黨。一九四〇年到皖南，隨新四軍轉戰華東各地。病逝於皖南天長縣。

主要著作有《現代中國詩壇》、《抗戰詩歌講話》、《茫茫夜》、《生活》、《黑陋的角落裏》、《抗戰三部曲》等論著及詩集。

年輕時蒲風

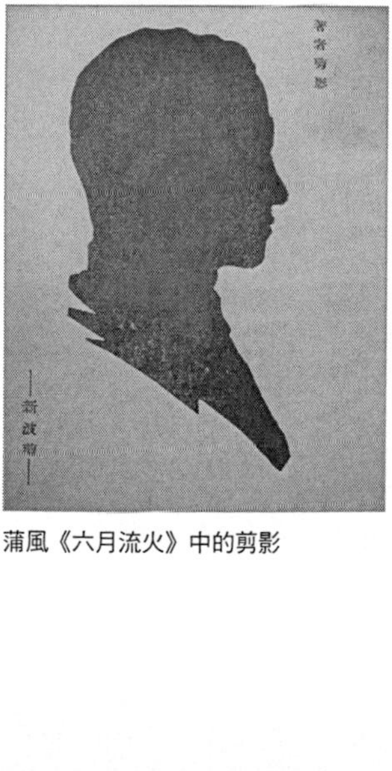

蒲風《六月流火》中的剪影

關露和她的詩

——千古情人我獨癡

《太平洋上的歌聲》一九三六年十一月生活書店初版

想起中國女作家關露的名字，總讓人顯得模糊同時也有些寒顫揪心。但一位優秀的詩人與小說家，她留在世上的作品，終究不會隨時代的變遷而湮沒。有人介紹說，「在一個短短的時期內，僅發表過她作品的雜誌就有四十多種；她寫的詩、散文、小說、雜文、評論、譯作，多達二百六十多篇。」而一部《關露傳》的出版聞世，就足於證明了這一點。我想，一切有良知的讀者都將會永遠銘記她的為人與作品的。

在關露的一生中，她對魯迅始終懷有深摯的敬意。一九三六年，關露懷有一顆詩人般正義激蕩的心，在參加上海萬國殯儀館弔唁魯迅活動後，她對那天的情景，是這樣描述：「我們帶著太陽去墓地，帶著星光回來。我們唱著輓歌，述說魯迅先生生前的光輝的故事，忘記了露草染濕我們的衣服和饑餓致使我們身體的疲乏。」

一九四三年，在敵偽時期的上海，當編輯《魯迅先生逝世七週年紀念特輯》時，關露發表了一篇〈一個可紀念的日子〉，她在文中說，「魯迅為著爭取人們的幸福與自由而生，他曾把他的生命作為戰場，文章作為他的武器，為著後一代的子孫他努力地生存，也為著後一代的子孫他勞瘁地死！他死了，但是展開在我們眼前的不是灰暗，而是光輝。」

記得幾年前，當讀著周海嬰〈一張關露的照片〉時，我是那樣地激動。這是一張六十多年前關露與她養女一起抱著那隻小巴兒狗拍的照片，那時的她，在異常複雜的環境下準備作自我犧牲，她為了向許廣平作告別留下了這一張合影。據回憶「那時的她約略二十五歲左右，高眺的身材、燙髮，面貌一般、談吐和藹可親，看不出叱吒風雲革命女士的外貌。」從這般的回憶中，也許誰也看不出她還是一位充滿激情的詩人。對於關露的這張照片，丁言昭女士在《文匯讀書週報》有文作了糾正。但是，令人不無遺憾的是，關露這般的女中豪傑，存世之照，實在太少。

可當我們今天說起《十字街頭》這部電影時，就有人能親切地哼起：「春天裏來百花香，……郎里格朗、郎里格朗……」這美妙的歌，曾被傳唱一時。但今日已經很少有人知曉，這部由趙丹主演的電影插曲的主題歌，便出自於女詩人關露的手筆。當年的關露與張愛玲、丁玲齊名，是三大才女之一。她不僅詩寫得好，小說散文也不錯。令人難於設想的是，在當時一個特殊的環境下，她犧牲了愛情和家庭，獻出了自已最美好的年華時，卻鑄就了許多的好詩。當然，今天我想說的最能代表她的詩的力作的，是關露《太平洋上的歌聲》，那本薄薄的詩集。

詩集於一九三六年十一月，由生活書店初版。如從時間上看，正是在她送走魯迅以後的日了。我想，不知魯迅在生前，是否讀過關露這些詩。這詩集僅收詩二十二首，可涉及面較廣：有國際的戰歌、有針砭時弊刻畫得惟妙惟肖的諷刺詩，有對革命者的頌歌等等。這些詩在當時中華民族生死存亡的關頭，確轟動一時；猶如暴風雨來臨前的閃電雷鳴，也恰似那沉寂無聲的子夜時的鼓點。

當我讀完這部詩集，我發覺讀關露的詩，一如讀小說，它有情節、人物和故事。而且讀這般的詩，也好似讀劇本，大都用臺詞對話來完成。這部詩集的第一首長詩《太平洋上的歌聲》，就是通過「聰明」的政治家，在那滔滔太平洋上的海面，用聽歌來完成這首長詩的。整首長詩以立體的畫面來展示。詩從上海、香港、新加坡到蘇依士運河,從東三省到日本,從英國、美利堅到南北極，生動地描繪了一幅廣闊的社會生活的畫卷。

諷刺，在詩人關露筆下，不是為了使人發笑而是為了使人發抖：「老百姓說；昨夜來了一隊洋兵。／我們／沒人抵抗！」（〈失地〉）。詩又是心靈的論斷，是亂山中的一滴滴鮮血：「也許你是死了／在成千萬的死者中／你死了／在屍橫遍野的廣場上／你死了／作為奴隸的／你，死了！」（〈沒有星光的夜〉）

我讀關露的詩，總覺得她絕對沒有空話，更沒有那濫調的無病呻吟，她唱的是真正的詩，絲毫沒有假情、虛飾及多餘的話。這源於關露本人的生活始終是和當時的現實相聯在一起。「醫院裏告訴你／叫你把死了的人領去／叫你看了賬目／把欠下的醫金付齊／你知道／犯了醫院的條規／上帝要懲罰你！（〈病院〉）」。讀著這首詩，我們馬上就能明白這究竟是否是座醫院？至今，與人為本聯繫起來，就很有現實性。讀〈賽金花像〉一詩，似乎從字裏行間讀出了《罪與罰》的深刻：看你的面目不曾想到／你竟為著紅顏／流為浪女。／你雖來自民間，反為娼妓／你失去了婦人的貞節／賣了身體／但你不曾賣國榮身／學那朝廷的官吏。／誤你的分明是你／年老的夫君——欽差大臣／別人偏要說你「紅顏薄命」。

關露在《太平洋上的歌聲》詩集裏，有許多反映抗戰時期的充滿激情的詩，也是頗值我們一讀的。特別是最後的那篇散文詩〈悲劇之夜〉，反映了上海的「一二八」戰爭，詩味和風格老辣，讀後看不出是出於一個女詩人之筆。的確，關露在三十年代的出現，一掃歷代女詩人吟風弄月、慘綠愁紅之荏弱不振之風，展現了剛強、挺拔、堅毅的新目。我記得常任俠先生在〈冰廬瑣憶〉一文中，特回憶起關露一九三二年演夏衍編劇《賽金花》時的情境。他說，「此劇完滿結束之後，劇團邀我寫劇評，與演員聚坐茶敘。隔座有呼余名者，音極稔熟。起而視之，頎長玉立，秀眉隆隼。華服高履，體態盈盈，前所未見。就而相語，備極歡快，始知為壽華也。今易名為關露。」

這秀美玉立的關露，原名卻是叫胡壽楣。她原籍河北延慶，出身山西太原。一九二七年先後就讀於上海政法學院、南京中央大學文學系。其實，關露還有一個名字：「初易名胡露，因與葫蘆諧音，後改名關露」。

為什麼關露常常要改名？那是因為在中國長期的民族戰爭中，為了人民的利益，關露奉命打入了敵偽的內部，她甚至不惜在當時之身敗名裂，充當了「大東亞文化會議」的代表，一九四三年前往日本東京獲取情報的成功。而作為她個人，在當時卻忍辱負重，犧牲了自已「左翼作家」的名譽，甚至連自已的戀愛對象，也無從瞭解其真相，誤認為背叛了祖國與關露決然分手。（從此她終身未婚）而當時社會對她之誤解就更深，深以為無恥之尤。（見《文藝街頭》，頁十三）今日從歷史與人民的角度看，關露「應該是革命的功臣」。但我們的詩人「解放後曾兩次入獄及後來孤獨淒涼的生活，使她含冤委屈地離開了我們。」其實，從一九四九年後，據常任俠去北京香山看望她時的回憶，就說了這樣的話：「曾往香山相視，亦難喚起舊夢。呵，詩人已老去，長眠不起，令人悵惘終日……。」

關露，作為一個女詩人，她還寫有自傳體小說《新舊時代》，是一部很感人的小說，列為當時的《光明文藝叢書》之一出版。她原計劃要寫三部，由於職業之變，只完成了一部。

關露於八十年代初（一九八二年十二月五日）病歿時，依然形影相弔，孑然一身，而僅有一個她所喜愛的洋娃娃，陪伴在她的身旁，況且是病歿在一個寒風凜冽、大地冰封而僅有十多平方米的小屋裏。真可謂詩人老去長眠不起了呢？但是我想，詩人可以老去，而詩卻永遠不會老去。不是嗎？時隔了半個多世紀以後，關露所吟出的詩韻以及她的《太平洋上的歌聲》，不還在被人吟誦嗎嗎？

妙詩賞析

春天裏

春天裏來百花香　郎里格郎里格郎里格朗
暖和的太陽在天空照　照到了我的破衣裳
郎里格朗格郎里格朗　穿過了大街走小巷
為了吃來為了穿　朝夕都要忙
郎里格朗郎里格朗　沒有錢也得吃碗飯
也得住間房　哪怕老闆娘作那怪模樣
郎里格郎里格朗　郎里格朗郎里格朗
貧窮不是從天降　生鐵久煉也成鋼　也成鋼
只要努力向前進　哪怕高山把路擋
郎里格朗格郎里格朗　遇見了一位好姑娘
親愛的好姑娘　天真的好姑娘
不用悲　不用傷　人生好比上戰場

身體健　氣力壯　努力來幹一場身體健
身體健　氣力壯　大家努力幹一場
秋季裏來菊花黄　朗裏格朗裏格朗裏格朗
陣陣的微風在迎面吹　吹動了我的破衣裳
郎里格朗格郎里格朗　穿過了大街走小巷
郎里格朗格郎里格朗　遇見了一位好姑娘
為了吃來為了穿　朝夕都要忙
郎里格朗郎里格朗　沒有錢也得吃碗飯
親愛的好姑娘　天真的好姑娘
也得住間房　哪怕老闆娘作那怪模樣
郎里格郎里格朗　郎里格朗郎里格朗
成敗不是從天降　生鐵久煉也成鋼　也成鋼
只要努力向前進　哪怕高山把路擋
郎里格朗格郎里格朗　遇見了一位好姑娘
親愛的好姑娘　天真的好姑娘
不用悲　不用傷　前途自有風和浪
穩把舵　齊鼓槳　哪怕是大海洋

向前進　莫彷徨　黑暗盡處有曙光

飄著白雪的夢裏

記得
在一個飄著白雪的夢裏，
一個黃昏之後的憩息。
那裏，你的寓居。
你點上了蠟燭，
籠上了火；
我走到你面前來，可是，
我有一點怕你。
你把我的臉吻紅了，
輕輕地向我說：
……朋友，
我們一塊兒去吧
我想你也耐不起這寒冷的天氣。

另一個黃昏之後的憩息；
聽說
為著經濟恐慌你自殺了，
在那燦爛的巴黎。

一個飄著白雪的夢裏，
我點上了蠟燭，
籠上了火；
你走到我面前，
我預備要吻你，
你羞紅了臉，
背轉身去。

醒來我明白了，
你不是處女的害羞，
為著
你已經不是我的情人了呢！

年輕時的關露

關露（一九〇七～一九八二年）原名胡壽楣，又名胡楣，原籍河北延慶。一九〇七年七月十四日出生於山西省右玉縣。幼年家貧自學完中學課程，一九二七年至一九二八年，先後在上海法學院和南京中央大學文學系學習。一九三〇年初，第一篇短篇小說《她的故鄉》發表於南京《幼稚週刊》。當時，關露、潘柳黛、張愛玲、蘇青並稱為「民國四大才女」。九一八事變後，參加上海婦女抗日反帝大同盟。一九三二年加入「左聯」。曾在中國詩歌會創辦的《新詩歌》月刊任編輯，詩作《太平洋上的歌聲》蜚聲當時上海文壇。一九四五年抗日戰爭勝利後，她因病由蘇北轉到大連療養。一九四六年病癒後，被分配到蘇北建設大學文學系任教。從一九四七年秋到一九五一年秋，先後在大連蘇聯新聞局、《關東日報》社、華大三部文學創作組和電影局劇本創作所工作。一九八〇年後，因患腦血栓症，全身癱瘓，失去工作能力。一九八二年十二月五日逝世。

主要作品有詩集《太平洋上的歌聲》（一九三六，生活書店）、長篇自傳體小說《新舊時代》（一九四〇，光明書店）、兒童文學《蘋果園》（一九五一，工人出版社）、散文集《都市的煩惱》（一九八六，百花文藝出版社）。

附錄（外一篇）讀丁言昭《關露傳》

日期：二〇一〇年二月十二日
作者：張建智
來源：文匯讀書週報

寒冬燈下，每晚十時後，上床翻閱由丁言昭所贈的一部《關露傳》（上海文化出版）。翔實的資料、動人的情節、一個才女兼革命家的傳奇生涯，每至深夜，總放不下手，甚或手凍人倦。一星期讀畢。掩卷沉思，無不令人喟歎、憤憾、感慨。

關露，原名胡壽楣，又名胡楣。一九〇七年生於山西一舉人之家。八歲那年，父親不幸逝世。十五歲那年，母親又因積勞成疾不幸早逝。從此關露和比她小兩歲的妹妹胡繡楓便成了孤兒。用功讀書，努力上進，幾經曲折，關露終於在一九二八年考取了中央大學。一九三一年夏，關露離開南京，去上海闖世界。不久，鍾潛九、張天翼、歐陽山等也相繼到了上海，隨潮流都參加了左翼文學運動。關露先後參加丁玲領導的「左聯」創作委員會工作，並參加任鈞、蒲風等組織的「中國詩歌會」活動，參與編輯《新詩歌》刊物。她的詩歌創作日顯不凡。曾為影片《十字街頭》寫作的主題歌〈春天裏〉，經賀綠汀譜曲後廣泛流傳，膾炙人口。她還寫過短篇小說和散文，翻譯過一些外國文學作品。至今我收藏她的詩集《太平洋上的歌聲》、小說集《新舊時代》，七十多年後的今天讀來，仍未過時，足證其當年於文學執著的追求和多方面的才華。如果沿著這條路走下去，她無疑可成為一如丁玲、冰心等著名女作家。

爾後，關露在上海投入工人運動，參加了「上海婦女抗日反帝大同盟」工作。一九三二年春，加入了中共地下黨。從此，在黨的領導下，全身心從事黨的事業。但是，如此的才女，終放棄了文學的志趣，走上了黨為她安排的充滿艱難、曲折的不歸之路。鑒此，她日後人生之遭遇，遂成了她一生命運不幸的拐點。

一九三九年秋，她接中共南方局負責人葉劍英署名的密電，到香港接受廖承志、潘漢年給她的特殊任務。那就是，曾經是中共地下黨員，後被國民黨逮捕自首叛變，後又投靠了日本人，成為汪偽政權特工總部頭目的李士群，因不想在漢奸這條路上走入絕境，希望能和中共暗中有所聯繫，做一點於抗日有利的事情，為自己留一點退路；中共情報機關獲悉李士群的這一動向後，決定由關露打入特工總部，對李士群進行策反工作。從此，這位善良、才情並茂的女性，即轉入隱蔽戰線，去扮演一個被人不齒的角色。

隨抗戰漫長的八年，她又奉黨之命，犧牲了「左翼作家」的名聲，忍辱負重去扮演了一個「文化漢奸」角色；黨派她到一家由日本大使館和海軍報導部合辦的刊物《女聲》去任編輯。社長是一個叫佐藤俊子的日本女作家，黨組織希望關露能接近佐藤，通過她再接近一些日本左派人士，暗中找到日共黨員，以獲日方情報。一九四三年八月，關露又被安排去日本，參加了第二屆「大東亞文學代表大會」，那年，關露曾給在重慶的妹妹寫信，欲結束這不光采的生活，但黨組織終不允。直至抗戰結束，才被周恩來安排進入解放區。

從一九三九年秋至一九四六年，關露有近七年時間在敵偽漢奸圈周旋。這，遂成為她往後一生起伏跌宕、冤獄橫生、孤苦漂泊的命運之源。政治生命中的一層層陰影，始終包圍和籠罩著她，窒息著她的精神與肉體。解放後，她僅有幾年有自由生活的空間。隨後的反胡風、潘漢年反革命案，她都受牽連，被審查關押。一九六七年「文革」始，更大的厄運與災難，再度降臨。由於她知江青底細，立即被投入秦城監獄。關露在監獄整整蹲了八年，直到一九七五年五月才被釋放出獄。但那條漢奸特嫌的政治尾巴，仍被保留著。八年的牢獄之苦，使她本不健康的身體受到更嚴重的摧殘。曾為黨喪失了愛情與家庭，出獄後，孤苦單身，一度被送進了養老院。後又重返香山的小屋，三人一居，雨過屋漏。一九八二年三月二十三日，一紙平反，才姍姍來遲。如從一九四六年算起，她被審查、受衝擊、遭迫害，整整三十六年！豈一小小的紅紙得了！她所受的折磨和損害何能補償！一個年輕、才美、充滿理想的女子，被自己營壘中人整垮，終成了孤苦無依的老人。秉性難移的詩人氣質，使她終於萌發了輕生棄世的念頭。在這簡陋小屋的病床上，最後只能自己主動迎接死神之恩賜。

是詩人，總希冀獨立之人格。是作家，盼一份寫作的自由。是革命家，應早還她一個清白的使命與理念。抑或是一個普通人，也需要有個溫馨的家庭。但這一切，關露都被剝奪了，似與她都無緣。這究是為什麼？讀了一部《關露傳》後，我始終不得其解。難道一如俄羅斯作家在《路與光》一書中所說，人一旦追逐光明，那人生的不安之源就始，人只有在愚昧之中，才能隨順自然安度一生。雖然，當我們失去了關露時，大家同聲悲哭。她在「左聯」時的好友丁玲，曾悲憤地說道：「我們的社會主義國家應該充滿陽光，但是陽光照不到她身上！」周揚也說：「關露同志直到去世，我未去看她，是個遺憾。」雖然，關露「襟懷爽直女詩人，浪擊風摧無怨尤」，但公道何在？

關露母親對她從小嚴教，當她稍不用心讀書時，就用一把尺打她手心，並意味深長地說：「一個女孩子一定要學點本領，讀書……否則將一輩子受氣，一輩子抬不起頭……」我想，關露確已做到了她母親的期望，她始終沒有在敵人面前跪著，她有本領有知識，終成為一個真誠、熱情、樸實的知識者。但她的人生之旅，一如魯迅在〈文藝與政治的岐途〉中所說：「……他們都謳歌過革命，直到後來，他們都還是碰死在自已所謳歌所希望的現實碑上。那時，蘇維埃是成立了！」也許，關露便是這樣的詩人。這，就是二十世紀裏發生的悲劇故事。而這樣的人和事，在這二十世紀歷史裏，我們可排出許許多多……

俞平伯與《西還》

《西還》一九二四年四月初版本

姜德明先生一九九九年的歲末出版了一本《書衣百影》，以我之陋見與感覺，那是新時期第一本民國書影的刊出。（見三聯書店，一九九九年版）其中收了俞平伯早年的二本詩集《冬夜》和《西還》。前者於一九二二年出版、後者是一九二四年四月由上海亞東書局印行。以我個人的審美與閱讀經驗，無論從內容到裝幀設計，俞先生的那本《西還》總令我愛不釋手。

五四以後新文學以降，中國眾多學人作家出版的詩集中，且不說內容如何，俞平伯的《西還》，就其裝幀、版式、審美，是獨一無二的。書為袖珍型三十二開橫本、豎排，用傳統裝訂風格，封面上有彩繪的蘇堤小景，而最具特式的，是右邊用很考研的紫色絲線穿孔裝訂，給人毛聳聳的感覺，遠遠看去，真像一條山野上懸掛下來的長長的紫蘿，美輪美奐。

今日，時光流逝，已快八十年過去了，那紫色的絲線還在，那好似紫蘿絨茸茸的裝幀還在，還那麼獨具誘人的魅力。（見《西還》書影）我想，如愛書人讀書人，當他或她捧著這樣小巧玲瓏而又典雅的詩集，在半日偷閒的日子裏讀著，誰都會被它沉醉的。我記得俞平老晚年時說過，當年為郭沫若的譯作《石炭王》作插圖的，已在抗戰前病故的洪野先生，就是這本《西還》書裝的設計者。這部五四以後走紅的詩集，如今已很難找到，老書界的朋友說，初版本八十年代初文革結束後，市面上就已經難得一見。我記得一九九六年，浙江文藝出版社出過《中國新詩經典》，第一輯中有俞平伯的《冬夜》，但卻沒有《西還》。

俞平伯先生，在今日大多數人心目中，定格於他是一位紅學大家。而作為最早寫白話詩、尤五四後就走紅的詩人形象，數十年來早被讀者慢慢遺忘。就連我手頭的一部《中國新詩》，也未收進他的詩作。（復旦大學出版社，二〇〇一年七月第一版）其實，對於後遂成為紅學家的俞平伯先生，一九二二年三月，他的第一部詩集《冬夜》問世後，他年輕時代對詩的執著追求，和他後半生投入到紅學的研究，幾乎迥然不同。作為一個詩人的氣質與形象，在大眾的心裏確是不能同日而語的。你只要看俞先生在《燕知草》自序中的表白：「此書作者亦逢人說夢之輩。自愧閱世未深而童心就泯，遂日《燕知草》耳。」早年的俞平伯，其字裏行間，無不流露出純真的童心，儼然不是我們想像中的正襟危坐的紅學大師。

《冬夜》問世後，朱自清曾評：俞平伯先生寫出的詩「琅琅上口，有音節和韻律」。這評價大都認為他受了中國古典傳統詩詞的影響，但俞平伯如果不精通西方詩歌的結構與修辭，也絕不可能抒寫出像《西還》那樣的詩集。而後來葉聖老在評價《俞平伯舊體詩鈔》時，卻認為俞平伯後來寫的舊體詩，正是由他的新體詩過渡而來的，這是非常中肯的話。此話，倒有二點足以佐證：一是他早年精通英文、無不與郭沫若、徐志摩、冰心他們一樣受過歐風美雨的影響，俞平伯晚年還時以讀英文原版小說來消遣。二是他在《冬夜》自序中曾說過：「我懷著兩個做詩的信念：一個是自由，一個是真實。」他還說，「不願做虛偽的詩，要自由地表現自已真實的感情。」

讀《西還》，我總深感它是俞平伯當年抒寫的一部最率真、最具新詩味的詩集。這以後，俞平伯在一九二五年十二月，由當時的樸社，又出版了一部用絲線裝幀的線裝本的詩集《憶》。這幾部詩集的出版，都可視為中國詩歌藝術、詩歌發展史上的里程碑。

我翻閱著那本讀了又讀的《西還》，每一次翻到扉頁上的兩句題詞，總使我翩翩聯想、引人入勝：「江南人打渡頭橈，海上客歸雲際路。」這玉樓春寄瑩環中的二句詩，對仗工整，意境無限，俞先生是想把這兩句詩，用來作為《西還》的引辭，就好似先有兩隻小蜂蜜把讀者輕輕引入了俞詩的一片新田野。也可說，這部詩集是俞平伯早年的一部日記體詩，以五四後推行白話詩為契機，把日記引入了新詩的天地，這是俞平伯寫新詩的一種獨創。

《西還》，全書分三部分：〈夜雨之輯〉，收詩四十七首，大都作於「人間天堂」的蘇杭，此兩地俞家都有祖傳別業，杭州俞樓，尤負盛名，是俞曲園先生的舊居。〈別後之輯〉，收詩三十八首，作於國外。另有〈附錄〉，收〈囈語〉十八首。這些詩與距一年後按作者手跡影印的三十六篇詩的《憶》，同是新文學史上不可多得的藝術珍貝。

俞平伯的《西還》，記錄了一九二二年四月二日至十一月十七日作者整個的心路歷程。看，作者在〈西還前夜偶成〉一詩中，用詩反映了當年的行程：

船兒動著／只我最愛睡／一天要睡去大半天／船兒泊著／只我睡不著／一夜睡不到小半夜。

（〈吳淞夜泊〉）

寫完《西還》，交付出版前，俞平伯還補充說，這些詩都是他在俄「皇后號」歸舟中作的。《西還》之命名，也即出於此。這是俞先生當年臥坐了一艘遠航的輪船，在海洋上與碧藍的海水每日打交道時，在那艘船輪的駛動中，從心靈很自然地抒發出了這麼多好聽平實的歌。誠如唐弢所說「但平易中別有一點纏綿情致，以言詩格，頗近於溫、李一路，較諸「新月派」中寫情諸作，又是一番滋味矣。」這和俞平伯在《憶》裏寫兒童之天真，豐子愷為之畫童心，均可視為中國新詩史上「無美不備，誰都愛悅」的純真年代。

作為「五四」後白話新詩的濫觴，俞平伯寫作新詩是很早的一個，他僅次於胡適等人一年。我們不妨看看當年發表新詩的時間表：

一九一八年，《新青年》第四卷第一號發表了胡適、沈尹默、劉半農白話詩九首。第四卷第三號發了唐俟（魯迅）詩三首。第五卷第三號發了當時的女詩人陳衡哲新詩一首。而就在第二年，即一九一九年一月，和當時的《新青年》相呼應的《新潮》月刊創刊，而就在在這創刊號上，即發表了康白情、俞平伯、傅斯年等人的新詩。

讓我們再來看一看當年出版新詩集的時間表：

一九二〇年三月，上海亞東圖書館出版了胡適的《嘗試集》，這是中國第一部白話新詩集。一九二一年八月，上海的泰東書局即出版了郭沫若的新詩集《女神》。可緊接著僅半年後的一九二二年三月，康白情出版《草兒》集，以此同時，俞平伯就出版了新詩集《冬夜》。而在一九二二年一月，俞平伯就與朱自清、劉延陵等人一起，主辦並以「中國新詩社」署名，編輯出版了《詩》的雜誌（月刊）。這應是中國第一份新詩的刊物。

由此可見，俞平伯不光寫白話新詩早，在新詩集的出版上也僅晚於胡適與郭沫若，而他又是最早主辦新詩刊物的成員之一。如果以我的研究作一評判的話，至少沈尹默、魯迅、陳衡哲等人，在生前都未出過新詩專集。而劉半農的《揚鞭集》，還有他的民謠集子《瓦斧集》都要待到一九二六年十月才有北新書局出版。如從數量上看，俞平伯當時寫詩不算少。他繼《冬夜》後就出版了《西還》和《憶》，其間還和朱自清等八人合出了《雪朝》（一九二二年六月）這都是當時文學研究會早期的新詩選集。

胡適曾稱自已的詩，是「放大了的小腳」（把舊體格律比喻為婦女纏足受束縛）。而俞平伯以及康白情等受舊體詩的束縛就少些，於是他們的詩，相對就寫得活潑、自由。胡適評俞平伯詩多哲理，康白情詩多記遊。回想當年梁實秋、聞一多合出過的《草兒冬夜評論》，都對俞詩有好評。胡風在一九五五年的中國文聯擴大會議發言中，稱俞平伯的詩多封建氣息，其實並不儘然。我想，這大概由於俞詩寫的人生哲理，往往使人難解，尤其是寫在《西還》中的詩。我讀俞詩，總覺他有些詩，可稱為中國象徵派的先驅。試讀他那首〈懺語〉：

因為她的呻吟／倦極的我，已憎恨甜的夢，涼的席了／將來的你／如也有被迫著去呻吟的時候／千萬記著／眼淚還是倒咽的好／心還是碎了的好／因微薄的聲音／已把悲哀的種子／散遍你那兄弟姐妹們的心上了／這是一種罪過喲！

又如《西還》中那首〈到紐約後初次西寄〉的詩，還有那首〈迷途的鳥的讚頌〉，那長詩中有十四段小詩，無不都已吸取了歐詩的風格。當然俞詩情調多感傷、懷舊，能體現「五四」昂揚之精神的不多，俞詩是巧於用詞，講究語言的凝練。但我看俞平伯，確是一個率直的、極看重自由的、能真實表現自我的一個真詩人，一如他一生的人品與為人。（詩人中不乏唱高調者多多）如從一九三〇年六月由上海開明書店出版的俞的詩文集《燕知草》（上下兩冊）也足見其作為詩人的真性情。書雖寫了杭州以及西湖之美，但主要是寫情。故周作人在為俞書的跋中說：「平伯所寫的杭州還是平伯多而杭州少，所以就是由我看來，也仍充滿著溫暖的色彩與空氣。」

但是，俞平伯這樣的一個詩人，後來就迅速地擱筆了，這在中國新詩發展史上，是值得研究的的一個「怪象」，我姑且把它稱作「俞平伯現象」。因為這在「五四」後，特別是上世紀五十年代以後，有許多這樣的詩人，其中不乏很優秀的詩人，在他們含苞欲放時，都紛紛擱筆。這究是缺少培育詩之土壤，還是詩人自已沒有了詩的靈性？抑或是少了點能使思想和感情舒展的空間？我不得而知，有待詩家研究！但我想，如果今日的讀者，有機會翻讀俞平伯的新詩，定會使你趣味盎然，想像聯翩，因為他的詩隨手拈來，寫得隨便，在他心中，似乎無往而不是詩。當然，而今讀俞平伯詩的人，一代比一代的少了，儘管像我這樣的常在案頭放著這本《西還》且讀了又讀。

妙詩賞析

暮

敲罷了三聲晚鐘，
把銀的波底容，
黛的山底色，
都銷融得黯淡了，
在這冷冷的清梵音中。

暗雲層疊，
明霞剩有一縷；
但湖光已染上金色了。
一縷的霞，可愛哪！
更可愛的，只這一縷哪！
太陽倦了，

自有暮雲遮著；
山倦了，
自有暮煙凝著；
人倦了呢？
我倦了呢？

春水船

太陽當頂，向午的時分，
春光尋遍了海濱。
微風吹來，
聒碎零亂，又清又脆的一陣，
呀！原來是鳥——小鳥底歌聲。

我獨自閒步沿著河邊，
看絲絲縷縷層層疊疊浪紋如織。
反蕩著陽光閃爍，

辨不出高低和遠近，
只覺得一片黃金般的顏色。

對岸的店鋪人家，來往的帆檣，
和那看不盡的樹林房舍，——
擺列著一線——
都浸在暖洋洋的空氣裏面。

我只管朝前走，
想在心頭，看在眼裏，
細嚐那春天底好滋味。
對面來個縴人，
拉著個單桅的船徐徐移去。
雙櫓插在舷唇，
皺面開紋，活活水流不住。

船頭曬著破網，

漁人坐在板上，
把刀劈竹拍拍的響。
船口立個小孩，又憨又蠢，
不知為甚麼，
笑迷迷癡看那黃波浪。

破舊的船，
襤褸的他倆，
但這種「浮家泛宅」的生涯，
偏是新鮮、乾淨、自由，
和可愛的春光一樣。
歸途望——
遠近的高樓，
密重重的簾幕，
盡低著頭呆呆的想！

俞平伯在書齋

俞平伯（一九〇〇～一九九〇），原名俞銘衡，字平伯。現代詩人、作家、紅學家。清代樸學大師俞樾曾孫。與胡適並稱「新紅學派」的創始人。他出身名門，早年以新詩人、散文家享譽文壇。他積極參加五四新文化運動，精研中國古典文學，執教於著名學府，是一位熱忱的愛國者和具有高尚情操的知識份子。一九一九年畢業於北京大學。曾赴日本考察教育。曾在杭州第一師範學校執教。後歷任上海大學、燕京大學、北京大學、清華大學教授。

俞平伯最初以創作新詩為主。一九一八年，以白話詩《春水》嶄露頭角。次年，與朱自清等人創辦我國最早的新詩月刊《詩》。至抗戰前夕，先後結集的有《冬夜》、《西還》、《憶》等。亦擅詞學，曾有《讀詞偶得》、《古槐書屋詞》等。在散文方面，先後結集出版有《雜拌兒》、《燕知草》、《雜拌兒之二》、《古槐夢遇》、《燕郊集》等。其中〈槳聲燈影裏的秦淮河〉等名篇曾傳誦一時。一九二一年，俞平伯開始研究《紅樓夢》。兩年後，亞東圖書館出版專著《紅樓夢辨》。一九五二年，又由棠棣出版社出版《紅樓夢研究》。一九五四年三月，復於《新建設》雜誌發表〈紅樓夢簡論〉。同年九月，遭受非學術的政治批判，長期受到不公正待遇，然仍不放棄對《紅樓夢》的研究。一九八七年，應邀赴香港，發表了《紅樓夢》研究中的新成果。一九八八年，上海古籍出版社出版論著合集。還著有《論詩詞曲雜著》、《紅樓夢八十回校本》，有《俞平伯散文選集》等。一九九〇年十月十五日逝世，終年九十一歲。葬於北京福田公墓。

由魯迅想到虞琰的《湖風》

《湖風》一九三〇年一月二十五日上海現代書局初版本

觀時下許多電視劇，很多是反映二十世紀二三十年代上海的戲文，其中出場最多的無非是幾位當年霸佔上海灘的大亨，因他們既有英美法德等國作後臺，又有民國政界人物於背後的勾結支撐，以此他們在大上海呼風喚雨、為所欲為，甚或左右著當年時代的一角。而上海大買辦虞洽卿，就是其中的一位。但就是這樣一位商人之門庭，他的孫女虞岫雲，卻是一位「女詩人」；且這位女詩人於一九三二年以虞琰為筆名，出版了一部詩集名為《湖風》。

時隔了七十多年後的今天，想絕大多數人，這樣的文壇軼事，興許早忘。但是，只要有人能仔細讀《魯迅全集》，我們無不可以讀到魯迅在〈登龍術拾遺〉中的一段話：「也可以從文壇上去做女婿。其術是時時留心，尋一個家裏有些錢，而自己能寫幾句『阿呀呀，我悲哀呀』的女士，做文章登報，尊之為『女詩人』。待到看得她有了『知己之感』，就照電影上那樣的屈一膝跪下，說道『我的生命呵，阿呀呀，我悲哀呀！』——則由登龍而乘龍，又由乘龍而更登龍，十分美滿。然而富女詩人未必一定愛窮男文士，所以要有把握也很難，這一法，在這裏只算是〈登龍術拾遺〉的附錄，請勿輕用為幸。」《魯迅全集》在「女詩人」處加了一個注解，說道：「當時上海大買辦虞洽卿的孫女虞岫雲，在一九三二年以虞琰的筆名出版詩集《湖風》，內容充滿『痛啊』、『悲愁』等無病呻吟之詞。一些無聊的雜誌和小報曾加以吹捧，如曾今可就寫過〈女詩人虞岫雲訪問記〉。」如果，我們回顧這段文字，這位唯出版過一本詩集，從而冠名為女詩人的文壇往事，因為有了魯迅的這麼一筆，就很讓後人值得回味。

我收藏有虞琰的《湖風》詩集初版本。此書係一九二九年十二月二十五日付排，一九三〇年一月二十五日由上海現代書局出版，由葉靈鳳作封面裝幀。葉先生是當年郭沫若旗下創造社的一員，他設計的封面，五光豔麗，引人眼球，令我折服。（今天的書裝設計者還頗值借鑒一番）只見書封上一個妙齡的女郎，似乎在閉目沉思，她倚在美麗的西子湖畔；背影後有綠色的西湖水在蕩漾，這位女郎被陣陣湖風吹拂著。而當你翻開書頁，馬上跳入眼簾的是作者的一首序詩：疲倦的靈魂啊／如果塵世的炫熳／掩不住你的殘骸／聽！來聽這少女的琴音。／聽！來聽這芳潔的心籟／瞧那光豔的波幻。

六句小詩，一下子就吸引了讀者的心靈。倪墨炎先生在評《湖風》這本詩集時曾說：「這樣的詩篇能否用「痛啊」、「悲愁」等詞來概括，這裏且不說，但格調並不昂揚卻是事實。」我倒認為並非如此。因「格調的昂揚」這詞，已成了半個多世紀來，評論作品的一個大框，什麼都可往裏面放，似成了定格的語言慣勢，一直沿襲至今。試想，如果一首詩，一定要有個主旋律，要有個以什麼為中心，抑或找出個所謂閃光點，才能成為好詩的話，那麼無論古代或現代，所謂好詩就所剩無幾了。

虞琰於上個世紀出版的詩集《湖風》，只是一本小書。今年初春的江南，下著紛紛小雪，天氣還很冷，在一盞小臺燈下我翻讀著此書。首先，令我驚詫的是，七十年前的那本書，能保存完好，真可謂是歷經劫波書猶存。虞琰寫此詩集《湖風》時，還是一個十九歲的少女，是上海愛國女校的學生。她不知何故憂鬱成病，就到杭州西湖邊療養了六個月。這本詩集，是她半年西子湖畔生活的產物。

我珍藏的這本詩集，是她的簽名本，當年她有鋼筆寫下：1980/28/4——贈天疇先生——作者。字跡端正、秀美，天疇是那位先生，不得而知，但說明她在詩集出版五十年後，到了八十年代，還拿此書贈友，足說明了女詩人虞琰對自已詩集的多麼珍愛。（當時不知她尚在上海或香港還是國外）如今詩作者已近九十多歲，不知尚在人間否？今日她如還在的話，也早老態龍鍾了。

《湖風》詩集，共收作者的三十八首詩。觀其詩目，便可知內容的大略：〈春夜泛西湖〉、〈病中〉、〈夜的呻吟〉、〈我願化作輕煙〉、〈暴風雨中的小鳥〉、〈城市中的一個歌者〉、〈人生的悲歌〉等，均是少女虞琰，親身經歷的憂鬱的思慮，也是這本詩集的一個特色。一個愛國女校的文科學生，但生活中的「一花一草，觸動了她的情緒，便在數分鐘間，就有幾章完美的詩出於她手腕下，入於我們的眼簾」（見一九二九年九月十二日，一之先生所撰之「序」）。

虞琰在詩集〈後面要說的幾句話〉中，透露了她的心聲：「這本書開始寫的時候，是在初春的西子湖邊。西湖現在為一般人加以妄意雕琢、私心的侮辱，而至損害了她的天真，但她那不變的溫和的湖風，吹動我枯澀的心波，我傾瀉我的熱淚，迸出我的詩句。」

我想，正是西湖不變而永恆的大自然的慈愛，使這位少女把心中的一切吐露無遺，無論是心中的快樂，還是痛楚中的頹喪。也確惟有慈愛的西湖，才能憐恕與愛撫著她那顆純潔的靈魂……使其在一九二九年，中國正處動盪的社會生活中，噴出詩韻。

眾多詩中，我更愛其中〈一隻破船〉這首詩。試想誰沒有乘過船，幾千年來，中國人居住在河流縱橫的土地上，河畔生活便和船有很深的情結；船，就象徵著千年來中國悠長而痛苦的歷史歲月。女詩人用靈敏纖細的感覺向我們娓娓道來：「一陣狂暴的雷雨傾瀉後／駛來一隻剛經補就的破船／那裏有新的船主與水手／四周只有盤旋上下的海鷗／哀叫著恐怖的將臨／船上的旅客都昏沉地入了夢／他們想安樂便在這黑暗中／船主大意地陷入於酒色／為了那剛修好的船的穩固／水手們也都賭博作樂／風是陣陣的吹／雲是片片的堆／誰會見著渺小的燈塔在遠處！」（〈一隻破船〉）

一個還在愛國女校求學的學生，能寫出「生的憂患」的詩，能期盼「渺小的燈塔在遠處」。這也從一個側面，看到愛國女校教出了許多愛國的學生。（參見上海愛國女校校史）一九二九年後，一個上海大亨的孫女，也與當年許多有志的青年，做著嚮往光明的夢，誠如葉聖陶先生在詩的源泉裏說過：「詩人這個名目，和農人工人有別，不配成立而指示一種特異的人。」這句對詩人作注解的話，我很表同感；因為，真正的詩人，是為了他流露真性情，以鳴自然之音而已。

三十年代的虞琰，是上海權勢顯赫一時的虞洽卿的孫女，肯定生活富裕華貴，在那優裕的環境下，她卻能寫下許多憂鬱而又嚮往新生活的詩，並富於哲理。如〈無名之花〉、〈酒後〉、〈墓前〉、〈追尋〉諸詩，都直抒了這個主題：

當烈士們的屍骸已腐化／四周是那樣的死寂」（〈無名之花〉）

「我何嘗醉了啊！／心境更清明／痛苦卻更深」（〈酒後〉）

「在墓前啊！／想起豔麗的花朵總得凋謝／飄渺，飄渺／我只能伸出雙手／把那冰冷的墓門／輕敲！」（〈墓前〉）

「追尋啊！／奮勇地執起明炬／奔向那幽暗的森林／回憶不可捉摸的前塵啊！／失去了光明的苦悶！（〈追尋〉）

讀虞琰在十九歲寫的也是她唯一的一本詩集。她把主觀上的需要，真實地流露給了讀者。雖然，當年曾經出現過《虞岫雲女士詩集第二集》的廣告：「虞女士的詩集，第一集《湖風》已由現代書局出版了，曾得到各方面的好評。現在她的詩集第二集將近編好，已承她允許交由本書店出版，愛讀虞小姐的詩的，請拭目以待。」可最終未出過虞琰的第二本詩集。

我們說，這樣一位少女的幻想中，對於崇高永恆的企求，和她的人生曲折的經歷所分不開的，雖我們從表面看她只屬於錦衣玉食的階層。但在內心裏，她對人世、社會，以及對人生執著之追求，始終和她心靈熱烈的渴望和蕭瑟的憂鬱融彙成一體，這便是她浪漫主義和朦朧詩韻在上世紀三十年代的一種象徵。

讀罷這本久已絕版的小書，今天《湖風》詩集中的每一首詩，仍將那詩韻頻頻吹入七十年後我的心靈。如果，這本小書還能重版，那也定然能扇拂起現代人被市場經濟弄得疲倦不堪的幾多心靈，興許還會讓今天的少男少女，泛出許多漣漪。

七十餘年歷史畢竟已過去，我想，這二十世紀經歷了那麼多的劫難，當年詩情橫溢的女詩人——虞琰，恐已不在人間。我忽發奇想，化了好幾個晚上，在舊藏的民國期刊中，終於找出了一九三二年出版的《詩刊》第四期，在《志摩紀念號》上，當年虞琰為悼念徐志摩，寫了〈悼志摩詩人〉一詩，她是這樣寫的：

原野佈滿了狂風
狂風吹起了灰塵
痛快的飛騰，喊叫與奔跑
是這一個走掉了的詩人！
關外佈滿了馬蹄
馬蹄踏斷了草頸
這時應當有千百萬首詩
我們在需要這一個詩人。

今天，如果我們拿這首詩，來紀念或悼念這麼一位女詩人，我想，不會過分，也不會過時！因為，我們的詩壇，仍然需要這樣的女詩人。

妙詩賞析

春夜泛西湖

沉霧的夜色，
籠罩了湖面；
明月，
也射出了銀色的光芒，
照耀於蒼翠的林隙。
船舷，
剛離開了浮動的喧市，
那悠柔起落的打槳聲，
劃碎了湖中的月影；
衝破了生的寥寂。
何處……何處是水榭的歌聲，
在晚風吹送的浪流中，

似乎唱膩了悲涼的情調；
受創後的心啊！
如杜鵑鳥兒的夜啼，
淒怨，沉哀！
哦，只有靜默的月啊，才知道我的
隱痛！

病中

聽
更深
寂靜中
遠處鐘聲
黑夜的孤吟！
願
人們
莫相問

杜鵑黃鶯
花落與春深。

別故鄉

闊大無邊的海面，
映著魚鱗般的波浪閃耀，
遙望故鄉啊！渺小！
在那裏，在莊嚴的龍山，
有美麗的小河；
當每一個的黃昏天曉，
我曾獨坐在那泰平橋，
河面的野菱隨著那船兒動盪，
兩岸的蘆荻跟著那秋風顫搖。
如今啊！是別了！
雖這裏的太陽依舊的升沉，
月兒依舊的耀照，

奈行一步一步遠！
故鄉啊！
魚鱗般的波浪啊！
渺渺！

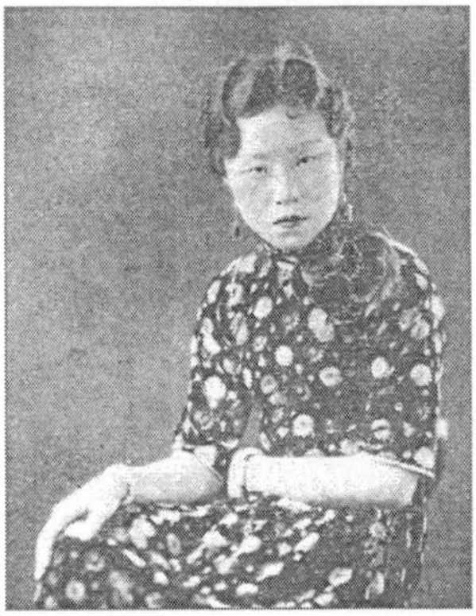
虞琰年輕時照片

虞琰簽名本手跡

虞岫雲，又名虞琰，原籍浙江鎮海，人稱上海小姐，卒業愛國女校後，又進入大夏大學，畢業後初嫁一名律師，旋告脫離，「今則聞又嫁一中央大學教授陳憲謨，伉儷很好。」自《湖風》出版後，虞岫雲在上海灘躋身於女作家之列，據曹聚仁的〈赤腳財神虞洽卿〉一文說，他曾在一文中罵阿德哥施財行善之不妥，有「博濟而施於民，雖堯舜其猶病諸」句，以諷喻之。結果，惹得阿德哥大為不悅，放出話來，要教訓教訓以烏鴉自居的曹聚仁，「其孫女為大夏大學學生，婉辭勸阻，乃不了了之。」曹聚仁時正在大夏兼課，看來虞岫雲在師與親之間，還是很善於調處的。

《湖風》出版後，虞岫雲繼續創作新詩，一九三三年《微言》週刊說：「近所作詩甚多，多發表於《詩刊》、《新時代》等裏面。」並早有將出版詩集第二集的預告，譬如《馬來亞》半月刊有廣告說：「虞女士的詩集，第一集《湖風》已由現代書局出版了，曾得到各方面的好評。現在她的詩集第二集將近編好，已承她允許交由本書店出版，愛讀虞小姐的詩的，請拭目以待。」虞岫雲的第二集新詩，是交給馬來亞書店的曾今可手裏的，孰料事不湊巧，曾今可先生，正好因為冒崔萬秋的名作，自我炒作，被揭露，搞得狼狽不堪，逃回故鄉去了，虞岫雲的詩集就此不了了之。

在那片傷感的春色裏
——楊騷和他的詩

《受難者的短曲》一九二八年十一月初版本

一直覺得楊騷是左聯詩人中的異數，儘管左聯詩人的風格各異，有雄渾、有細膩、有高亢、有沉鬱，但一如楊騷般詩風的、那彌漫著徹骨的憂傷和惆悵者卻不多見。當看到楊騷青年時期的照片，對這個雙頰瘦削，神情沈鬱的左聯詩人，早留下了很深的印象，尤其是他一雙深邃的眼睛，飽含著無限思慮卻又隱藏著令人心碎的悲憫。

楊騷（一九〇〇～一九五七），祖籍福建漳州華安縣豐山鎮人，生於薌城區，幼年家境貧困，但隨養父受私塾教育，後入省立第八中學。一九一八年，十八歲的楊騷，留學日本。先入日華、東亞等預備學校學習日文，後考入東京高等師範學校。此時，楊騷開始嘗試新詩寫作，並結識了對他影響甚大的女作家白薇。

白薇（一八九三～一九八七），原名黃彰、黃鸝，出生於湘南資興東江河畔的秀流村，她比楊騷年長六歲，為反抗舊式家庭的包辦婚姻，她隻身一人逃婚至日本，雖身在異國他鄉，生活艱巨，仍不放棄文學的創作。白薇個性獨特，不凡的經歷，在東京她與楊騷有相似的命運，又具共同的文學理想，一九二三年，倆人產生了熾熱的戀情，但他們最終沒有成為令人豔羨的伉儷，這段刻骨銘心的感情，卻演變為令雙方都心力交瘁的夢魘，這，可以說給楊騷一生留下了不可磨滅的傷痛。

楊騷和外國文學的直接接觸，最初是在日本，當然，國內「五四」新文化運動的思潮，對他也有影響，於是，在日本開始寫作新詩，並寄回國內，在上海的《民國日報》副刊《覺悟》上發表。但無論如何，楊騷日後成為現代詩人的一個異數，應與白薇的相識、相戀，有著很大的關聯。因為，他們倆於東京的那段生活與寫作，在一定程度上喚起了楊騷詩歌創作的激情和靈感。一九二四年，二十四歲的楊騷，在日本創作詩劇《心曲》，可說是一佐證。它是我國新文學史上，較早出現的一部詩劇作品。

讀楊騷這一時期所寫的詩篇，可窺其於「五四」精神的感召下，遂加入反封建行列，然又因個人情緒之憂鬱，愛情的受挫，使他這一階段的詩歌，大都是以苦悶、傷感為基調。若說《心曲》是作者對人生的探索，那麼《受難者的短曲》，則反映了詩人內心惆悵之吟唱；儘管如此，這一階段，卻是楊騷文學生涯上出現的第一個黃金創作時期。

一九二四年的冬天，楊騷因家境窘困和與白薇的感情的糾葛，終輟學回國。爾後，他即應邀在新加坡的一所小學任教，又一次開始了他的背井離鄉的漂泊生活。最初，當他踏上南洋的土地，楊騷滿懷著「淘金」的夢想，但久而久之使他看到的，是南洋的滿目瘡痍，就「新加坡一埠，就有四五六萬人的失業者」，看到白人殖民統治者，在這裏橫行霸道「是yellow的暴君，是一切的王」，而世居這塊土地上的土著人，卻「漸漸地漸漸地喪失了自己的家園，漸漸地漸漸地從市街被趕到田野，又從田野被趕到山坡上來，將漸漸地漸漸地被迫到深山裏頭去」。更讓楊騷看到的是，善良的人們，那悲苦的命運，「失掉了嬌娘扶著遺孩蹣跚」，見「病死了的黑奴橫在路邊」，讓「二八的少女賣風流」。啊，一幕幕親眼目睹的情狀，令他最初的夢想，遂一破滅，他的心靈更憂鬱和厭世，在這樣的情境下，他寫下了後來結集為《受難者的短曲》中大部份的詩。

楊騷終於離開南洋，一九二七年秋末，他又重回上海，並且與白薇又重逢。這對分分合合的苦命戀人，終於在上海結為伴侶。那時白薇體弱多病且極度精神抑鬱，僅靠楊騷一人以寫作為生。在當年，被稱「十里洋場、冒險家樂園」的上海，這一對文學青年，生活之艱辛，可想而知。然而，楊騷卻由於一個巧合之機緣，這時，他們結識了魯迅先生。當年，魯迅對這倆位年輕後輩，顯然十分器重，不僅在文學創作，出版方面，都儘量提攜，還給予他和白薇不少經濟上的資助。可以說，魯迅成為了楊騷、白薇他們進入主流文壇的重要引路人，也使楊騷從一個文學青年，蛻變為一個真正的詩人、劇作家和翻譯家，後來又成長為一個文學革命的戰士。

據查一九二八年的魯迅日記，就曾記錄與楊騷來往達三十一次之多。那年初，一九二八年一月二十五日，就記有：「雨，下午晴。壽山來。林和清及楊君來。」而一九二九年，魯迅與楊交往，日記上記載，多達三十八次。這種關係，確是當年魯迅與文學青年中少有的。

在魯迅的幫助下，楊騷的詩集《受難者的短曲》，於一九二八年十一月，由上海開明書店出版版，此集印數一千冊，當年書價：大洋四角半。該集收錄了楊騷一九二七年以前的詩作共二十首。書為三十二開本，封面設計也獨有創意，紅日、落葉和酒杯，組成了一幅耐人尋味的抽象畫，特別是在半明半暗的酒杯中，落著一隻烏黑的大眼珠，緊緊地盯著讀者，那眼神既清醒又迷離，其深意，我想，還留待讀者去解讀（見一九二八年初版書影）。（前看到二〇〇四年《漳州師院學報》第二期，誤為此詩集一九二九年出版）

今天，當翻開這本楊騷的處女作，八十二年過去了，讀著那一頁頁泛黃的書頁，一個個在那個時代壓抑下的受難者，似都會跳將出來，向我訴述自已痛苦的心曲；重讀一首首的詩，我們依然能讀到楊騷身處的那個亂世；那時的人們啊，經歷了多少顛沛、流離、輾轉的人生，而忍受著這一切，只是為了苦難的生存下去。而更讓我感受到，作為一個詩人（受難者的代言人），他在艱辛的生活中，始終不懈地用詩歌呼出了他的愛、他的悲、他的愁苦、他的上下求索！這便是楊騷作為詩人，當年經歷的人生之旅。

至今我們彷彿聽到：「我像是身置冷墓中／從黑墓中轉眼銀河／歎息微微地消滅了／墓邊的蛆蟲，悲惻惻地吟哦／美夢的夜星沉沒／幻想的初陽，被雲遮住……」（見《受難者的短曲》，頁六）詩人怒從心上起，但他無奈，只能用詩呼出，「真的天上黑雲多，地面陰影多，山裏頑石多，人間苦痛多，還有呢，心中柔情多……」他想離開這人間地獄，「我們坐著飛艇罷，走，我們跟著光線罷，逃！」

詩人楊騷，一九二七年後開始頻頻地活躍於上海文壇。他的劇本《迷雛》、劇本集《他的天使》，他翻譯日本著名唯美主義作家谷崎潤一郎的小說《癡人之愛》，以及《洗衣老闆與詩人》和《赤戀》等書，陸續由上海北新書局出版，同時，精心創作完成了新的劇本《蚊市》（魯迅為之取名）也於劇界佔一席之地。

一九三〇年，「中國左翼作家聯盟」成立，楊騷加入左聯，又與穆木天、森堡（任鈞）、蒲風、白曙、杜淡等成立了左聯詩歌組，並成為詩歌組負責人之一。而白薇，那時是加入左聯的戲劇組，發表和出版的劇本有《蘇斐》、《訪雯》、《琳麗》、《打出幽靈塔》、《革命神受難》

等。這期間，楊騷卻將大部份的精力投入到外國文學的翻譯中，出版的譯著包括《世界婦女革命列傳》、《鐵流》和《沒錢的猶太人》等多種。那時的他，魯迅還為他介紹了許多左翼作家，他抽出大多的時間，積極地投身到「左聯」的各項社會活動中去。

一九三一年，楊騷參加文化界反帝抗日同盟，為發起人之一；一九三二年他參加中國著作者協會，為發起者之一；同年，他又與穆木天、任鈞、蒲風等發起在上海成立了中國詩歌會，倡議：「研究詩歌理論，製作詩歌作品，介紹和努力於詩歌的大眾化」，之後，還創辦了左聯機關刊物《新詩歌》。

然而，在楊騷文名日隆的同時，他和白薇短暫的婚姻，則似乎走到了盡頭，一九三三年，他與白薇的書信集《昨夜》，由上海南強出版社出版後，兩人便宣告分手。今日，我們若說起楊騷與白薇的那段往事，尤其是一九二七至一九三七年，他們譯著豐富，活躍於左翼文化陣線上的十年；他們在東京的離異，在上海的重逢、熱戀；但生活並不如意，似乎這生活欺騙了他們。作為詩人楊騷和才華噴發的女作家白薇，他們之間常發生矛盾、爭吵，生活的一切時昇華時沉淪，終於又分手。這至今成為文壇眾說紛紜的一個謎。記得直到「文革」後的一九八〇年代，《昨夜》又復活，被各類情書集選入流傳。一九九〇年代中期，一部電視劇《白薇》，演繹了她反抗封建婚姻，赴日留學，登上文壇的經歷，著意渲染她的戀情。而楊騷在其《自傳》中也曾說：「東京這一次大火災——給我機會嚐到初戀苦味，更因而認識另一位女性，糾纏不清，使自己以後十餘年的生活，在極無聊的苦惱中過去了。……」

楊騷繼《受難者的短曲》之後的第二本詩集……《春的感傷》，由開明書店出版。是於一九三三年九月初版。實價大洋三角。《春的感傷》為小三十二開本，版本頗似唐弢在《晦庵書話》中所提到的「袖珍詩集」。其書封面設計，用抽象的筆調，用了綠與紅兩色相映，描繪了樹木蓊鬱，一幅春回大地繁榮歡欣的景象，顯現在你的面前。那時的楊騷，雖久未出版詩集，雖詩人心中之悲哀，還在延續，但樂觀向上，漸已成為詩人的主調；直抒胸臆寫實的文風，已成他的創作手法；整個詩集所反映的詩風，較第一本詩集有所轉變，在原本灰暗、徬徨的基調上，終添上了一抹亮色。

詩集《春的感傷》分五部分：第一是〈贈詩〉，有詩八首，第二是〈感傷〉，收詩四首，第三是〈流水篇〉收詩十二首，第四部分是長詩〈粉蝶與紅薔〉，長達幾十節。最後以〈遺詩〉作尾。若以「春的傷感」為旨意，實是以曾經發表在《北新》詩刊一九二九年第三卷第六號上的〈粉蝶與紅薔〉一詩為主。此詩描寫了粉蝶與紅薔的生死之戀，雙雙對話，纏綿緋惻，清新淒惋，非常感人。不妨一聽，詩人之音：「哦！烏雲慘霧飛起了！你看滿園的花草都慌得東搖西撩……這樣的洪荒，你怎麼好飛動？我不讓你去，你在這兒好罷，等下我還有話對你說呢。」……詩人又敘述了許多，然後說，「粉蝶無氣力地撲在紅薔懷裏，紅薔用力把他抱住。」一個詩人走到近邊來，最後，把粉蝶連紅薔的嫩枝折去，讚歎著說：「這是造化的不可思議！」……「以後用銀針把粉蝶的心連紅薔的心穿起，插在書架上，列在愛的標本中，」當這詩寫畢後，我們的詩人楊騷，自注說：「一九二九年春，粉蝶與紅薔情死在狂風暴動的月夜裏。」

長詩〈粉蝶與紅薔〉，是一個淒美的故事，作者這般的詩與自注的話，寫在前夜的一九二八年的春天裏。這樣的歷史的年代，不禁使我想起當年魯迅寫過的話來：「中國之君子，明於禮義而陋於見人心。」今天，真的，我們只能在電視劇裏，看到許多悽切冷殘的場景，我想，這，是「春的感傷」嗎？，想必詩人另有深意，可筆者寫此，近百年的歷史，庶幾讓我與這些詩人、作家們，一起體驗了二十世紀人世間的那些痛苦與歡樂。

一九二九年初，楊騷與白薇終於各奔東西，直到一九五七年詩人不幸的離世。此文，以他們共同寫下的一首短詩作結：流的雲，／奔的水，／多少峰巒下，／多少浪花碎，／多少風的歎息，多少雨的淚，／多少大地飛迸，多少天星墜，到如今啊，到如今才得，夢入春江花影碎。

讓我們深深的懷念他們，至今還在那片傷感的春色裏！

妙詩賞析

兩個小孩

風從雲間落下，
雨自天邊吹來！
椰樹急著躲避彎了腰，
蕉葉笨著戰慄，裂開，
草埔中的積水點點躍起，
窗板上的報紙片片飛散……
哦！在這烏沉沉的天地騷動中，
看呀，那兩個小孩！
他們橫斷草埔，穿過椰林，
慢慢地，慢慢地，走上市街；
人們悽惶恐懼逃奔，
他們倆小，正和暴風雨點嬉戲。

和著暴風雨點嬉戲，
他們橫斷草埔，笑著蕉葉
慢慢地，慢慢地，走上街市，
他們將回家去，曉得家有母親姐姐，
替她們洗腳換衣；
活動的他們更不怕濕病了身體。
人們悽惶恐懼逃奔，
他們曉得天地沒有惡意。

曉得天地沒有惡意，
他們慢慢地，慢慢地，
玩了暴風急雨，
橫斷草埔，
穿過椰林，
笑著蕉葉，
走上街市，
快快樂樂地回家去。

這樣我是個詩人

對哦，這樣我是個詩人！
美妙的幻想只騙得我於忘欲一時，
明媚的風光只能毒殺我的小情人。

脂粉與肉塊，醉蝦，酒精，
這才活得我困備了的神經；
對哦，這樣我是個詩人！

但天下如有永遠愛我可愛的人，
說呀，願挖出這個詩人心，
做一團繡球任她拋擲！

如有永遠可醉醉我的酒，
說呀，願挖出這個詩人心，

放下酒糟中一任酵母消盡！

對哦，這樣我是個詩人！
初戀是最後的接吻，
初會面是決絕的象徵。

百合與玫瑰，紅桃瓣，素蘭心，
這儘管濫用我的小花瓶；
對哦，這樣我是個詩人！

但聽啦，可愛的美鳴禽，
你笑我罹著頹廢病？
象你躲在綠陰中做夢我也曾。

也曾象你歌頌著永晝，葉密，花深；
但聽啦，可愛的美鳴禽，
豆蔻花欲落，你還閉著眼睛！

然後，冷露會使你驚醒，
哦！垂黃的麥穗搖曳著貪欲的秋聲，
獵犬蹲著望穿收穫的女人。

怕見人的處女也忙出中庭，
然後，小鳥喲，誰還贊你美鳴禽？
飛去罷，在山谷中有伴你的嗚泉嗚咽聲！

對哦，這樣我是個詩人！
小鳥哦，美鳴禽，
還是讓我吻下你那喜看綠葉的眼睛！

年輕時的楊騷

楊騷（一九〇〇～一九五七），祖籍漳州華安縣豐山鎮人，生於薌城區，著名詩人、作家，中國左翼作家聯盟成員，中國詩歌會發起人之一。一九三八年加入「中華全國文藝界抗敵協會」，一九三九年參加「作家戰地訪問團」到抗日前線訪問，被譽為「抗戰詩星」。「皖南事變」後在新加坡主編閩僑總會的刊物《民潮》，開展抗日宣傳。楊騷一生著述甚豐，出版書籍二十二種。其中包括抒情詩集《受難者的短曲》、《春的感傷》等；劇本集《迷雛》、《他的天使》；詩劇集《記憶之都》；評論、隨筆集《急就篇》。譯作有《鐵流》、《十月》、《沒錢的猶太人》、《異樣的戀》、《癡人之愛》、《心》等。

後記

我愛書，素喜淘書，尤喜收藏民國刊本，於是各類書話、詩話之閱讀，成為我夜闌燈下最為愉悅的休閑享受。《書話》的筆墨雋永，掌故動人，書事書人，情意深長，思想活潑，為書家所獨出，也深為我鍾情。

記得在瑞典訪問時，鄉前輩、華裔瑞典王子羅伯特・章先生曾對我說，馬悅然先生也專喜收藏中國上世紀二三十年代的詩集，我聞之欣然，視為同好。因為，我之《絕版詩話——談「民國時期」初版詩集》中所收的，正是這些曾經活躍於五四新文化後始寫新詩的現代作家。這些著名作家以及爾後成為著名學者或教授者（如俞平伯、趙景深、陳夢家），他們在從事文學活動之初，都曾是寫新詩的詩人。今天，在為已經故去的詩人們寫下這些文字時，我細讀他們從心中流淌出來的詩，認真比較他們不同的風格、詩韻、詩藝。同時，想到他們在上個世紀的動蕩年代裡坎坷的人生命運，不禁為他們「一江流過水悠悠」的不幸遭遇而潸然泪下。

如趙景深文革時被拘於牛棚，有一次適有外調者來叩門，問：裡面有人嗎？他卻說沒有人。外調者說：你不是人嗎？他卻酸楚而不失幽默地說：「我是牛，被縛在床上，不能開門。」（《海上學人漫記》）又如女詩人關露，「八十年代初（一九八二年十二月五日）病歿時，依然形影相弔，孑然一身，而僅有一個她所喜愛的洋娃娃，陪伴在她的身旁，況且是病歿在一個寒風凜冽、大地冰封而僅有十多平方米的小屋裡。」（《關露傳》）再如陳夢家，這個古文字學家、詩人，早早地含恨離開了人世。他夫人趙蘿蕤為之痛心地說：「深可惋惜的是，他死得太早……他還可寫出許多著作，為他所熱愛的祖國現代化增加一些磚瓦，但是他沒有能這樣作。」（趙蘿蕤〈讀書生活散記〉）

歷史的記憶與詩人的才思，一直在鼓舞我追尋他們人生的蹤跡。我把他們遺留在人間的吉光片羽，盡可能搜羅聚積在一起。雖然這些詩人們早已離我們而去，但在詩的天空裡，他們宛如一顆顆星星在閃耀著，那些人那些事，經常引發我的思索。一個謎一直在困擾我：詩人為什麼總是那麼不幸？無論古代的屈原、李白、杜甫，還是域外的拜倫、普希金、萊蒙托夫、葉賽寧，他們還是「碰死在自己所謳歌希望的現實碑上」？（魯迅〈文藝與政治的歧途〉）

但是，一個呼喚詩人的時代已經顯出曙光——二〇一一年諾貝爾文學獎得主托馬斯•特蘭斯特勒默，就是一位詩人。是的，當我聽到今年的諾獎桂冠給了一位詩人，在驚異之餘，感到莫大的欣慰。我們的世界，多麼需要詩人的呼喚，多麼需要詩人們從心靈深處唱出人間的喜悅、痛苦、憂傷，以及他們對生活最強烈的希望。我們多麼需要這樣的詩句：「不，我不是拜倫，我是另外一個，是還不知道甚麼選手的樣子，同他一樣，是被世界放逐的流浪者」（萊蒙托夫詩選）；「我像一隻鐵錨在世界的底部拖滑，留住的都不是我所要的，疲憊的憤怒，灼熱的退讓，劊子手抓起石頭，上帝在沙上書寫。」（《托馬斯‧特蘭斯特勒默詩》）

然而，這般詩的聲音，我們已經久違。幾十年來，在我們的耳邊，詩人的名字和他們的詩思，就像冬日裡的殘荷，慢慢地凋零。遙想我們的五四新文化，正是從白話詩發端，胡適，魯迅，沈尹默，郭沫若，周作人，俞平伯，冰心，等等一長串的作家們，無不是從詩壇向我們走來。我們藉由他們的聲音，聽到了時代的呼聲，感受到了活生生的力量。

在另一個世界，詩人特蘭斯特勒默，他「以凝煉而清晰透徹的文字意象，給我們提供了洞悉現實的新途徑」。我想，這正是世界在呼喚詩人時代的到來。我相信，未來詩的天空，將會越來越明朗；將會有更多的詩人，繼承五四後詩的傳統，去努力開墾種植新詩的園地。

我的《絕版詩話——談「民國時期」初版詩集》能與讀者見面，首先要感謝陳品高先生。三年前草長鶯飛時節，我接到他的電話。因他的睿智與遠見，在《博覽群書》為我開設「詩話雜談」的專欄，於是才有今天的結集。另外，我要感謝神交已久卻從未謀面的蔡登山先生。我把拙稿發給他後，沒有幾天，他即慨然拍板這詩話集由他們出版。感謝白樺先生，在此書付梓之際，給了一篇很感動人的代序。當然，我還要感謝所有關心與鼓勵這詩話集出版的責編與我的書友們。中國向有以評論為主的詩話、詞話、曲話，也有談藏家與版本的，一如《書林清話》以文獻為主的書，但似乎專談現代詩集版本與收藏為主的詩話，尚未讀到，（恕我孤陋寡聞），所以想作一次嘗試。當然，我只是在工作之餘暇，於讀書喝茶之間，隨手寫點閑話而已，至於大多讀者是否喜歡，還有待於時間的最後檢驗。

二〇一一年初冬於聽雨齋

新鋭文叢　PG0655

新鋭文創
INDEPENDENT & UNIQUE

絕版詩話
——談「民國時期」初版詩集

作　　者	張建智
主　　編	蔡登山
責任編輯	孫偉迪
圖文排版	譚嘉璽、鄭佳雯
封面設計	陳佩蓉

出版策劃	新鋭文創
製作發行	秀威資訊科技股份有限公司 114 台北市內湖區瑞光路76巷65號1樓 電話：+886-2-2796-3638　傳真：+886-2-2796-1377 服務信箱：service@showwe.com.tw http://www.showwe.com.tw
郵政劃撥	19563868　戶名：秀威資訊科技股份有限公司
展售門市	國家書店【松江門市】 104 台北市中山區松江路209號1樓 電話：+886-2-2518-0207　傳真：+886-2-2518-0778
網路訂購	秀威網路書店：http://www.bodbooks.com.tw 國家網路書店：http://www.govbooks.com.tw
法律顧問	毛國樑　律師
圖書經銷	貿騰發賣股份有限公司 235 新北市中和區中正路880號14樓 電話：+886-2-8227-5988　傳真：+886-2-8227-5989

出版日期	2012年4月　初版
定　　價	300元

Printed in Taiwan

國家圖書館出版品預行編目

絕版詩話：談「民國時期」初版詩集 / 張建智著. -- 一版.
-- 臺北市：新銳文創, 2012.04
面； 公分. --
BOD版
ISBN 978-986-6094-66-8（平裝）

1.新詩 2.中國詩 3.詩評

820.9108 101002757

讀者回函卡

感謝您購買本書，為提升服務品質，請填妥以下資料，將讀者回函卡直接寄回或傳真本公司，收到您的寶貴意見後，我們會收藏記錄及檢討，謝謝！如您需要了解本公司最新出版書目、購書優惠或企劃活動，歡迎您上網查詢或下載相關資料：http:// www.showwe.com.tw

您購買的書名：________________________________

出生日期：________年________月________日

學歷：□高中（含）以下　□大專　□研究所（含）以上

職業：□製造業　□金融業　□資訊業　□軍警　□傳播業　□自由業
　　　□服務業　□公務員　□教職　□學生　□家管　□其它_____

購書地點：□網路書店　□實體書店　□書展　□郵購　□贈閱　□其他

您從何得知本書的消息？

□網路書店　□實體書店　□網路搜尋　□電子報　□書訊　□雜誌
□傳播媒體　□親友推薦　□網站推薦　□部落格　□其他__________

您對本書的評價：（請填代號　1.非常滿意　2.滿意　3.尚可　4.再改進）

封面設計____　版面編排____　內容____　文／譯筆____　價格____

讀完書後您覺得：

□很有收穫　□有收穫　□收穫不多　□沒收穫

對我們的建議：________________________________

____

____

____

請貼
郵票

11466
台北市內湖區瑞光路 76 巷 65 號 1 樓
秀威資訊科技股份有限公司 收
BOD 數位出版事業部

....

（請沿線對折寄回，謝謝！）

姓　　名：____________________ 年齡：________ 性別：□女　□男

郵遞區號：□□□□□

地　　址：____

聯絡電話：(日) ____________________ (夜) ____________________

E-mail：____